与謝野晶子訳

紫式部日記・和泉式部日記

角川文庫
23706

目次

凡例

一、本書は、與謝野晶子著『新譯紫式部日記　新譯和泉式部日記　附録紫式部考』（一九一六年、金尾文淵堂）を底本とした。

一、現代表記法により、原文を新字・新かな遣いにしたほか、漢字の一部をひらがなに改めた。底本における振り仮名は特徴的なもののほかは適宜省略し、難読語にはルビを付した。「附」は「付」に、「きる」の意で用いられた「著」は「着」に改めた。ただし、和歌は旧かな遣いを採用した。

一、明らかな誤りと見られるものは校合のうえ訂正した。

一、作品中に「狂人」「支那人」「石女」といった、今日の人権意識や歴史認識に照らして不適切と思われる語句や表現がある。著者が故人であること、また扱っている題材の歴史的状況およびその状況における著者の記述を正しく理解するためにも、底本のままとした。

自序

私はここに紫式部日記と和泉式部日記とを現代語に訳しました。さきに出した新訳源氏物語、新訳栄華物語と同じく、もとより原作の意義と気分とを伝えることを主としましたが、またできるだけ原文の発想法に従うことにも力《つと》めました。

紫式部日記は紫式部が一条天皇《いちじょうてんのう》の中宮彰子《ちゅうぐうあきこ》に仕えて以後の随筆です。寛弘《かんこう》五年八月、中宮が第二皇子《おうじ》敦成親王《あつなりしんのう》（後《のち》に後一条天皇《ごいちじょうてんのう》）の御《ご》産《さん》のために里《り》第《てい》の土御門殿《つちみかどどの》（中宮の父藤原道長《ふじわらみちなが》の邸《やしき》）へ帰っておいでになるころの記事から筆を起し、寛弘七年の正月第三皇子敦良親王《あつよししんのう》御誕生の五十日の御祝《おんいわい》が宮中で行われたところの記事で筆を止《とど》めています。篇中の記実に時の順序があるのを想うと、感想の記載もまた思い浮かんだ順序に従っているのでしょう。清少納言の枕草紙が時の順序を前後しているのとは異《ちが》っております。

紫式部日記は同じ作者の源氏物語のように洗錬された文章でなく、ほんの徒然《つれづれ》の慰めに書いた物にすぎませんけれど、天才紫式部の日常生活とその思想感情とを直接に知ろうとするには、この書によるほかはありません。道長を中心とする平安盛期の文明生活を知る史料としてもまた一つの宝庫です。

和泉式部日記は和泉式部が自家の閲歴の重要な一部を、わざと三人称で客観的に描写した短篇小説です。日記ともいいますが、一名を和泉式部物語ともいうのです。作者が冷泉《れいぜい》天皇の第四皇子《だいし》（華山三条《かさんさんじょう》両天皇の御弟）で太宰帥《だざいのそつ》の官におられる敦道《あつみち》親王を恋したはじめ、すなわち長保《ちょうほう》五年四月下旬ごろからのことに筆を起して、翌寛弘元年正月までのことを書きました。この恋は世間《せけん》の物議を惹起《ひきおこ》して聡明《そうめい》な親王の御ために諌《いさ》める人達が多かったので、和泉式部は寛弘三年の夏ごろにやむをえず親王の第《てい》を出て藤原保昌《ふじわらやすまさ》の妻となり、翌春良人《おっと》の任地の丹後国《たんごのくに》へ下《くだ》りましたが、そこまではこの小説に書かれておりません。

和泉式部日記の著作の年月《としつき》は紫式部日記よりは早く、寛弘三年ごろだろうと思います。そのころすでに歌人として知られていた和泉式部が、近年新しく出て世の評判となった源氏物語に刺激せられてこれを書きはじめたのが、事に妨げられて一巻だけで止《よ》したのかもしれません。源氏物語の大作と比較することはできませんが、ともに我国の写実小説の祖であり、ことに和泉式部日記が遠く明治の小説に先だって、自己の経験を書く小説の最初の作であることは文学史上の光栄だと信じます。

この新訳を読まれる一般の人達の便利のために、私は紫式部考と年譜とを添えました。

在来の紫式部の伝記はかなりに杜撰《ずさん》なところがあります。私の書いた伝記は私の考証力の許す程度で、十分細心な用意のうえにあえて大胆な推定を下《くだ》しました。私は在来の伝記以上に真実と正確とに近い発見を書くことができたと信じます。なお識者の是正を賜わるならば幸《さいわい》に存じます。

和泉式部考をも書きたいと思いましたが、その暇を得ないのと、まだ私の研究に不安心なところのあるのとで止《や》めました。私達がさきに出しました和泉式部歌集の評釈《ひょうしゃく》に述べた和泉式部の小伝が、粗笨《そほん》ではありますけれど、この人の伝記の輪廓《りんかく》だけを知る御参考にはなろうと思います。

年譜は紫式部と和泉式部との生きていた時代の概略を現わそうとして添えました。これがいくぶんこの書に和泉式部考の欠けているのを補うことにもなるでしょう。年譜にある為尊親王《ためたかしんのう》は和泉式部の恋人、橘道貞《たちばなみちさだ》ははじめの良人、敦道親王はこの小説の主人公になった恋人、藤原保昌は第二の良人です。紫式部の歿《ぼっ》した翌年で止めて、和泉式部の歿年を書かないのはその歿年が不明だからです。赤染衛門《あかぞめえもん》は九十歳まで生き、これらの才女の仕えた上東門院《じょうとうもんいん》（中宮彰子）は八十六歳まで生きられましたが、清少納言と和泉式部もかなり長寿であったらしく想われます。

ほかに紫式部と良人宣孝《のぶたか》との系譜を添えましたが、和泉式部の系譜は父大江雅致《おおえまさむね》の血統が現在の大江氏の系図では非常に曖昧《あいまい》ですから、正確な材料を得るまでわざと添えずにおきます。

大正五年七月　　与謝野晶子

紫式部考

紫式部の父は藤原為時《ふじわらのためとき》といい、世に堤中納言《つつみちゅうなごん》と称して知られた歌人兼輔《かねすけ》の孫である。為時は当時の大儒菅原文時《だいじゅすがわらのふみとき》の門に学び、宏学能文《こうがくのうぶん》、同門のうちで、藤原孝道《ふじわらたかみち》、源為《みなもとのため》憲《のり》と名を同じくし、うちに為時が最も著《すぐ》れた。文時は道真《みちざね》の孫、世に菅三品《かんさんぽん》と称せられた学者である。

為時が文章生《もんじょうせい》に挙げられ、次いで式部丞《しきぶのじょう》に任ぜられたのは円融《えんゆう》天皇の天禄《てんろく》二三年ごろのことであろう。その後の仕途は何故《なにゆえ》か遅々として進まず、十四年後の華山《かさん》天皇の寛和《かんわ》元年には、清原元輔《きよはらのもとすけ》、紀時文《きのときぶみ》、平兼盛《たいらのかねもり》らの文人とともに円融《えんゆう》上皇の紫野御幸《むらさきのぎょこう》にお供しているが、官はなお式部丞である。さらにまた十二年の間に僅《わず》かに蔵人《くろうど》となり、少弁《しょうべん》となるにすぎなかった。ある年（正暦《しょうりゃく》三年か）の晩春に粟田《あわた》の大臣《おとど》（右大臣藤原《ふじわら》道兼《みちかね》）の家に人々と会して「惜残花《ざんかをおしむ》」という題で

遅れても咲くべき花は咲きにけり、身を限りとも思ひけるかな（後拾遺集《ごしゅういしゅう》）

という歌を詠んだのは、その年の春の除目《じもく》に蔵人に少弁を兼ねたことを喜ぶ実感の作であろう。私の推定では、この歌を詠んだころの為時の齢《とし》は四十一二歳であったと想われる。

為時は正暦四年正月宮中に催された内宴の詩会で、道統《みちただ》、左忠《すけただ》とともに青色《せいしょく》の綾《あや》の袍《ほう》を着て詩を賦した。その夜文章博士大江匡衡《もんじょうはかせおおえまさひら》は上席に座して詩を朗読した。一条《いちじょう》天皇が為時の才学を愛せられたのもこのころからのことであろう。

私の推定では四年の後《のち》、すなわち長徳《ちょうとく》三年の春の除目に、一条天皇の特別の思召《おぼしめし》で越前守《えちぜんのかみ》となった。十訓抄《じっくんしょう》その他《た》によると、その年の春の除目に越前守となることを望んだ者は為時と源国盛《みなもとのくにもり》とであったが、左大臣藤原道長《ふじわらみちなが》は国盛の方を奏した。これを洩《も》れ聞いた為時は悲歎《ひたん》のあまりに後宮《こうきゅう》の女房に托《たく》して一文を奉った。なかに「苦学冬《くがくふゆの》夜《よる》、紅涙霑巾《こうるいきんをうるおす》。除目春朝《じもくはるのあさ》、蒼天在眼《そうてんまなこにあり》」という句があった。天皇はこれを御覧になって、為時の才学をお愛しになる御心《みこころ》から、その多年の不遇を不憫《ふびん》に思召して夜の御食事をも聞食《きこしめ》さずに御寝殿へ入御《にゅうぎょ》になって、御心を痛めておいでになるのであった。殿上に参ってかくと承った道長は、恐懼《きょうく》しながら改めて為時の任官の宣下を乞い奉ったということである。ついでに気のついたことであるから書いておく。為時の奏したという句のうちに「紅涙霑巾」は「紅涙霑瞼《こうるいまぶたをうるおす》」の誤伝であろう。そうでないと、

「蒼天在眼」の句と韻《いん》が合わない。

また今鏡《いまかがみ》によると、一条天皇が越前守に任じたいと思召した理由には、越前国に来舶する唐人らと詩文の唱和を為時にさせたいと思召す御心もあったのである。そのころ、越前の敦賀《つるが》は九州の唐津《からづ》および博多《はかた》と同じく、支那人《しなじん》や朝鮮人の来舶する貿易港であった。

為時は任地の越前へ娘の紫式部を伴《つ》れていった。紫式部が支那人を敦賀まで見にいったことはその歌集に書かれている。そのことは後《のち》に書こう。為時が大宋《たいそう》の客羌世昌《かくきようせいしよう》に「去国三年孤館月《くにをさってさんねんこかんのつき》、帰程万里片帆風《きていばんりへんぱんのかぜ》」また「画鼓雷奔天不雨《がこらいわしっててんあめふらず》、綵旗雲聳地生風《さいきくもそびえてちかぜをしようず》」というような詩を作って贈ったのもその在任中のことである。

為時は三年の任期を終えて京に帰った。それは長保《ちようほ》元年の冬であろう。その後は十年間ほど京にいた。寛弘《かんこう》六年の春、左大臣藤原道長の東三条《とうさんじよう》の家の詩会に、大江匡衡、道長、藤原伊周《ふじわらこれちか》、藤原頼通《ふじわらよりみち》、藤原公任《ふじわらきんとう》、藤原孝道《ふじわらたかみち》、藤原為義《ふじわらためよし》らとともに「渡水落花舞《みずをわたりてらつかまう》」という題で、「花前春暖鳳池清《かぜんはるあたたかにほうちきよし》。落蕊舞来渡水程《らくずいまいきたりすいていをわたる》。分岸粧奢風漸送《きしをわかってよそおいをおごりかぜようやくおくる》。上橋簪動月相迎《はしにのぼってさんうごくつきあいむかう》。飄超石瀬紅裙転《ひるがえってせきらいをこえこうくんてんじ》。散過波塘玉履軽《ちってはとうをすぎてぎよくりかるし》。此地猶聴真勝地《このちなおきくしんのしようのちと》。宸遊再挙九韶声《しんゆうふたたびあぐきゆうしようのこえ》」。という詩を作っている。

為時が越後守《えちごのかみ》に任ぜられて再び地方官となったのは、三条《さんじよう》天皇の寛弘八年の春であろう。在任中に長男の惟規《これのり》を亡《うしな》った。そのことは後《のち》に書く。三年の任期を終って京に帰った翌年（長和《ちょうわ》三年）もしくはその翌年に娘の紫式部を亡った。これは私の推定である。

三条天皇の長和四年に為時は出家《しゅつけ》した。年は六十三四歳であろうと想われる。為時の歿年《ぼつねん》は解らない。

為時が詩文を善くしたことは、当時の詩人高階積善《たかしなせきぜん》が編輯《へんしゅう》した本朝麗藻集《ほんちようれいそうしゅう》に為時の作を数十首採録しているのでも明かである。為時はまた祖父を辱《はずかし》めず、紫式部の父、大弐三位《だいにのさんみ》の外祖父たるに背かないだけの歌人であった。その歌は多く後拾遺集に選ばれている。

紫式部を教育して、その芸術的天才を縦横《じゅうおう》に発揮させた為時が進歩主義の新思想家であり、聡明慈愛《そうめいじあい》な父であったことは想像するにかたくない。

為時には為頼《ためより》、頼経《よりつね》という二人の弟があった。為頼は摂津守《せつつのかみ》となり、頼経は出雲守《いずものかみ》および陸奥守《むつのかみ》となった。為頼は歌を善くした、その歌集に藤原為頼朝臣集《あそんしゅう》がある。頼経の歿した時に任国の「塩釜《しおがま》の浦《うら》」を題にして為頼も姪《めい》の紫式部も歌を手向《たむ》けている。

〇

紫式部の母は常陸介藤原為信《ひたちのすけふじわらためのぶ》の女《じょ》である。名を堅子《けんこ》といった。小右記《しょううき》によると、この母は後一条《ごいちじょう》天皇の寛仁《かんじん》四年閏《うるう》十二月になお健在している。紫式部が源氏物語に常陸介のことを書いたのは、この母から聞いた話が材料となっているかもしれない。

〇

紫式部の兄弟は兄一人、姉一人、弟二人であった。皆おなじ母の出《しゅつ》であるらしい。姉は紫式部歌集《むらさきしきぶかしゅう》によると、人に嫁して早く歿した。

兄を惟規という。文章生に挙げられて詩文および歌を善くした。紫式部が幼い時に、父がこの兄に史記《しき》を教えるのを傍《そば》で聞いて、兄よりも善く記憶して父に激賞せられたことは有名な話である。

惟規の歌は父および紫式部の歌とともに後拾遺集のなかに選ばれている。

十訓抄によると、大斎院《だいさいいん》（村上《むらかみ》天皇の皇女選子《おうじよせんし》内親王）の宮の侍女中将に惟規が懸《け》想《そう》して通いはじめた時、門を守る宮の侍に名を問われて誰《たれ》とも答えなかったので侍は門を閉じてしまった。その時、惟規は

神垣《かみがき》は木丸殿《このまるとゞ》にあらねども、名宣《なの》りをせねは人咎《とが》めけり

という歌を詠んで侍女に送った。斎院はこの歌の面白いのに愛《め》でて侍女との恋を許されたということである。

惟規は長和二年ごろ官暇《かんか》を得て父の任地の越後に遊んだ。後拾遺集に「父のもとに、越後にまかりけるに、逢坂《おうさか》のほどより源為善朝臣《みなもとのためよしあそん》の許《もと》に遣《つか》わしける」と端書《はしがき》して、

逢坂の関うち越ゆるほども無く、今朝《けさ》は都の人ぞ恋しき

という歌を詠んでいるのはその旅行の作である。そうして越後へ行って重病に罹《かか》って彼地《かのち》で歿した。十訓抄によると、重体になったのを見て、父はわざわざある山寺の僧を招いて、臨終の信心を得させせようとした。僧は惟規の枕頭《ちんとう》で仏を信ぜねば死して

中有《ちゅうう》に迷う由《よし》を述べた。その時惟規は中有とはどのような所かと問うた。僧は「夕暮の空の下《もと》の広い野に一人立ったように、知る人もなくて、心細く迷い歩く所である」と答えたが、惟規は「その野には紅葉《もみじ》が嵐に散り、尾花が風に靡《なび》き、松虫や鈴虫が鳴くであろう。それさえあれば中有に迷うとも苦しくない」といって、僧の勧める念仏に応じなかった。僧は手持無沙汰《てもちぶさた》で逃げ帰ったということである。惟規は死に臨みながら、

都にも恋しき人のあまたあれば、猶《な》ほこの度《たび》は生かんとぞ思ふ

という一首を手づから書いた。生《せい》の愛着《あいぢやく》の烈《はげ》しい若い文人は妻女、弟妹《ていまい》、先輩、友人などといろいろ恋しい人が都に多かった。まったく死を思う遑《いとま》が無かった。しかし惟規はこの歌の最後の「ふ」文字を書くに及ばずして気息《いき》が絶えた。親達はその悲しい絶筆の文字を書き足さずにそのまま京へ持ち帰った。

紫式部はこの兄を悲《かなし》んで、「遠き所へ行《ゆ》きし人の亡くなりにけるを、親はらからなど帰りきて、悲しきこと言いたるに」と端書して、

いづ方《かた》の雲路《くもぢ》と聞かば尋《たづ》ねまし、列離《つらはな》れけん雁《かり》の行方《ゆくへ》を

という歌を詠んでいる。帰雁《きがん》の語によって想うと、惟規の歿したのは晩春のことであろう。

惟規は早く歿したので、官位は従五位蔵人弁《じゅうごいくろうどのべん》にすぎなかった。紫式部日記に書かれている兄の式部丞は惟規のことである。

○

紫式部の弟は、一人は惟通《これみち》といい、官は安芸守《あきのかみ》、常陸介等を経て、後一条天皇の寛《かん》仁《にん》四年ごろに歿した。一人は僧となって定暹阿闍梨《じょうせんあじゃり》と称した。歿年不明。

○

紫式部の良人《おっと》藤原宣孝《ふじわらのぶたか》は権中納言正三位為輔《ごんちゅうなごんしょうさんみためすけ》の孫である。円融天皇の天元《てんげん》元年の記事から現存している小右記を見ると、すでに蔵人兼左衛門尉《さえもんのじょう》として宮中に仕えている。

年長者である為時がその三四年後《のち》になお式部丞である（小右記の永観《えいかん》二年、寛和元年の条参照）のに比べると、彼《か》れは不遇であり、これは順当な昇進である。

宣孝は地方官とはならず、京官として左衛門権佐《さえもんのごんのすけ》に到った。

宣孝には先妻があった。その妻は宣孝の子の隆光《たかみつ》、隆佐《たかすけ》の二男《になん》、某《ぼう》という一女を生んだ。隆光は一条天皇の寛弘年間に蔵人兼式部丞となり、後一条天皇の万寿《まんじゅ》二年には皇太后宮大進《こうたいこうぐうたいしん》となっている。この隆光は今の伯爵《はくしやく》甘露寺《かろうじ》氏、伯爵葉室《はむろ》氏、伯爵坊城《ぼうじょう》氏、伯爵勧修寺《かしゅうじ》氏、伯爵東坊城《ひがしぼうじょう》氏らの祖である。隆佐は三条天皇の蔵人兼式部丞を経て、後一条天皇の万寿二年に越後守として五節《ごせち》の舞姫《まいひめ》を出している。一女某は長保《ちょうほう》四年ごろ、紫式部と亡父宣孝を追懐《ついかい》する歌を贈答《ぞうとう》している。

宣孝は先妻と死別したのでなくて離別したのである。それは右に述べた先妻の生んだ娘と紫式部との贈答の歌に「夕霧に見し方《かた》かれし」という句のあるので私は断定する。

私の推定では宣孝と紫式部との婚したのは一条天皇の長保元年ごろである。このことはなお後《のち》に書こう。

紫式部がはじめて左大臣道長の邸《やしき》に出入《しゅつにゅう》して、中宮彰子に仕えた寛弘三年ごろに、宣孝の長男の隆光がすでに蔵人兼式部丞に任ぜられて、少くも二十一二歳に達しているのをみ、また宣孝の一女が長保四年に紫式部と歌の贈答をする年ごろになっているのをみると、宣孝が紫式部と結婚したのは三十八九歳のころであり、紫式部とは十五六歳の年上であることが推定せられる。

こういう年長者と紫式部の婚したことは、紫式部の一生のために重要なことである。私はこれについて次の紫式部の条に私の意見を述べるつもりであるから、ここには紫式部の芸術に対する宣孝の愛が熱烈な恋愛となって、強《し》いて紫式部を引き付けてしまったのであるといっておく。

宣孝が読書の人であったことは、紫式部日記に宣孝の歿後その蔵書の記事のあるので想像される。

宣孝は歌を詠んだが、上手ではなかった。その作は紫式部歌集に少しばかり引用されている。

宣孝は長保三年四月二十五日に歿した。私の推定する年は四十歳もしくは四十一歳である。

宣孝の兄惟憲《これのり》は摂政《せっしょう》藤原道長の家司《けし》（家令《かれい》）の一人として勢力家であったが、往々世人《せじん》の批難を受けた。ある年の加茂祭《かもまつり》に加茂の神職らが神宣に托して惟憲弾劾《だんがい》の語を社頭《しゃとう》に立札《たてふだ》したことさえあった。官は近江守《おうみのかみ》、左大弁《さだいべん》を経て太宰大弐《だざいだいに》に終ったのである。今一人の弟泰通《やすみち》は後一条天皇の治安《じあん》元年に美濃守《みののかみ》として五節の舞姫を出《い》だし、万寿二年に播磨守《はりまのかみ》となり、長元《ちようげん》四年に右馬頭兼東宮亮《うまのかみけんとうぐうのすけ》となった。

〇

紫式部は、私の推定では円融天皇の天元元年ごろに生れた。幼い時にともに史記《しき》を父から学んだのを想うと、兄惟規のすぐの妹であって、惟規の年とは一二歳違っただけであろう。そうして一人ある姉は惟規より前に生れたのであろう。

紫式部の資性の聡慧《そうけい》であったことは、まだ童女であった時、兄の惟規よりも史記を解することの敏捷《びんしよう》なのをみて、父が「あわれ男にて持たばや」といって激賞し、男の子ならば文章博士として一代の大儒《たいじゆ》にもなるであろうという口気《こうき》を示したのでも想像される。しかも女の身で漢学者ぶることは善くないこととして、そのころから常に謙抑し、うわべは「一《いち》」という漢字をさえ書くことを知らぬふりをしていたと、紫式部みずから日記に述べている。

この謙抑と自重とは式部の一生を通じて一貫した性格の一つである。

この謙抑と自重とのうちに、その聡慧な資性をもって、当時の貴女に許された限りの高等教育をその家庭において受けた。すなわち和歌、音楽、習字を修めることはもちろん、万葉集《まんようしゅう》以下の歌集、和漢の詩文集（とくに楽府《がふ》、白氏文集《はくしぶんしゅう》）、日本紀《にほんぎ》等の国史《こくし》、男の読む三史《さんし》、五経《ごきょう》、仏典《ぶってん》（とくに法華経《ほけきょう》、般若経《はんにゃぎょう》）、有職故実《ゆうそくこじつ》の書等を読んだ。和漢の学は父や兄の惟規に、仏教の学は弟の定暹に教えられたであろう。伯父《おじ》の為頼（摂津守）や頼経（出雲守）もこの偉大な天才婦人の教育になんらかの培養を加えた栄誉を分けられているであろう。けれど、またおもうに、古今東西の大天才は常人のごとくには学ばない。常人は阪を攀《よ》じる。天才は飛躍する。紫式部もまた「源氏物語」五十四帖に傾けた蘊蓄《うんちく》はおおく一を聞いて十を、百を知ったところから由来しているであろう。

漢学は当時において男子の学問である。女子が漢学を修めることは、明治中期の女子が外国語を学び、大正初期の女子が哲学や科学を修めるのと同じく、一般の習慣からみれば生意気なことであった。けれど進歩した思想をもった皇室と公卿《こうけい》の家との貴女には、早く奈良朝《ならちょう》以来、漢書を読み詩賦《しふ》を作ることを励む風《ふう》が行れていた。それが紫式部の両親の生れた天暦《てんりゃく》時代からいっそう盛《さかん》になってきた。紫式部の童女のころには官人の家に関白藤原道隆《かんぱくふじわらみちたか》の妻となった高階貴子《たかしなたかこ》（高内侍《こうのないじ》）のような女流漢学者が尠《すくな》くなかった。貴女でない中流の家の娘である紫式部が家学に従って謙抑のうちに密《ひそ》かに修養するところのあったのは炯眼《けいがん》である。この未来を見越した修養がなかったら、次に来《きた》る長保寛弘の文芸復興期に盛年をもって会した紫式部は、したり顔に漢学だてする清少納言《せいしょうなごん》の遥《はる》かに下風《かふう》に立たねばならなかったであろう。

○

漢学は女子にとって生意気な学問とせられたが、歌を詠み小説を書くことは、早くから女子のうえに許されていた。それは何人《なんぴと》も怪しまないまで普通のことになっていた。それで世間に憚《はばか》って漢書を読んでいた紫式部は十五六歳のころから短篇小説を書いていたのである。これは紫式部に限らず、教育ある当時の官人の家で男も女もしたことである。源氏物語、紫式部日記、栄華物語《えいがものがたり》等のいずれを見てもそのことは明白である。時の内閣総理大臣である左大臣藤原道長さえ小説を書いたのである。

私は紫式部が少女時代から小説を書いていたのでなければいかに天才といっても一躍して「源氏物語」のような傑作の書けるものでないことをかつて述べた。そのうえ私は紫式部が「源氏物語」以前に幾多の短篇小説を書いていたという根拠には、紫式部歌集にある

もとより人の女《むすめ》を得たる人なりけり。文《ふみ》散らしけりと聞きて、ありし文ども取り
集めておこせずば返事書かじと言ひやりければ、皆おこすとて、いみじく怨《えん》じた
りければ、――

という歌の端書を挙げたい。この「文ども」は普通の恋の消息ではなくて小説をい
うのである。すなわちこの端書を訳すと、

既《すで》に外《ほか》の女と恋をしている男である。その男が、自分の書いた小説を勝手に他人
に貸して見せたと云うことを聞いて、その小説を貸した先から集めて返して下さ
らない内《うち》は、あなたのお手紙に対する御返事は書きませんと、使《つかい》に口上《こうじょう》で云はせ
たら、その小説を皆返して来た序《ついで》に、自分のつれなくする心を非常に恨《うら》んで来た
ので、――

というのである。さてこの端書にある「既に外の女と恋をしている男である」とい
うその男は誰であろう。私は宣孝であると推定する。

○

私はここに紫式部と宣孝との結婚を述べる機会に到着した。

想うに宣孝は処女である紫式部の聡慧な噂を最も早く聞いた男の一人であろう。当時（紫式部よりは少し以前に）小大《こだい》の君《きみ》、馬内侍《うまのないし》、赤染衛門《あかぞめえもん》、清少納言などの才女の周囲へ、教育ある少壮《しょうそう》の貴公子が多く集《あつま》った時代に、紫式部と年月《としつき》こそ違え、まだ三十七八歳の宣孝がその才を慕って紫式部に接近しようとしたのは怪《あやし》むに足らない。そうして紫式部の才を慕う心が一転して恋愛となることは今も実際にあることである。

私は紫式部の貞操の堅実であったことを疑わない。宣孝以前に、また同時に、また宣孝と結婚後にも紫式部に懸想した男は尠からぬことであろう。しかし「女は心より外にあわあわしく人におとしめらるる宿世《すくせ》あるもの」と知って、その宿世（運命）と戦うには「女は身を常に心遣《こころづか》いして守りたらんなん善かるべき。心安く打棄《うちす》てたるさまにもてなしたる、品《しな》無きわざなり」ということを理想とする紫式部には、心の奥に毅然《きぜん》として高く堅く自重するところがあった。うわべには「さりとていと畏《かしこ》く身固《みがた》めて不動の陀羅尼《だらに》読み印《いん》作りてい」るようなことはないが、馬内侍、赤染衛門、和泉式《いずみしき》部《ぶ》のようにどの蝶《ちょう》にも唇《くちびる》を許す花ではなかった。

先哲達が紫式部の貞操を感嘆しながら、なお、徳川《とくがわ》時代の窮屈《きゅうくつ》な道徳眼をもって律しがたい平安朝の男女関係を認める以上、紫式部にも一人や二人の愛人は宣孝以前もしくは宣孝の歿後にあったのは咎めるに足らないという説を立てられるのは私の遺憾《いかん》とするところである。それらの先哲の根拠はすべて紫式部の歌を読み誤り、もしくは撰集《せんじゅう》に載《の》った紫式部の歌の端書に誤られたものである。例えば歌集にある

如何《いか》なる折にか、人の返事に、

入《い》る方《かた》はさやかなりける月影をうはの空にも待ちし夜半《よは》かな

返し、紫式部

さして行《ゆ》く山の端《は》も皆かきくもり、心の空に消えし月影

早う童《わらは》友だちなりし人に、年頃経て行き合ひたるが、ほのかにて十月十日のほど、月にきほひて帰りにければ、

めぐり合ひて見しや其れとも分かぬ間《ま》に、雲隠れにし夜半の月影

こういう類《るい》の歌は恋の歌でなくて、女友達との贈答唱和である。また新千載集《しんせんざいしゅう》にあ

る

浅からず頼めたる男の心ならず肥後国《ひごのくに》へ罷《まか》りて侍《はべ》りけるが、使《つかひ》につけて文《ふみ》を

おこせて侍りける返事に、

逢ひ見んと思ふ心は松浦《まつら》なる鏡の神や掛けて知るらん

この歌の端書は、新千載集の撰者が原作の端書を忘れて勝手に捏造《ねつぞう》したものである。これを読むと相思の仲である男との贈答であるが、紫式部歌集に作者自身が書いておいたこの歌の端書を読むと、肥前へ行った女友達から送った歌を紫式部が越前の滞在中に受取ったものである。ついでに「源氏物語」にある肥前国の記事はこの女友達が他日京に帰って話したことが材料となっているらしい。またこの女友達は前に「めぐり逢ひて」と詠んだ相手と同じ女友達である。この女との贈答はまだほかにもある。紫式部が姉を亡くした時、この女も妹を亡くして、その後《のち》は互《たがい》に姉妹として親しく交っている友達である。

○

これらの歌のほかに明かに男との恋の贈答であることの解っているものは、私の考《かんがえ》ではすべて宣孝に関する歌である。私は歌によって宣孝との結婚の径路を想像してみよう。

近江守の娘に懸想すと聞く人の、二心《ふたごころ》無しなど常に言ひ渡りければ、うるさくて、
湖《みづうみ》に友呼ぶ千鳥、ことならば弥洲《やす》の湊《みなと》に声絶えなせそ

これは紫式部が宣孝に答えた最初の歌であると私は思う。紫式部は宣孝の恋をはじめから喜ばなかった。「うるさくて」といっている。そうして「現に今恋人として通っている近江守の娘の家へ音づれを断ち給うな、その恋人を棄《す》て給《たま》うな」という意をこの歌で述べている。その時宣孝は先妻と離別の姿になって、他《た》の若い女（近江守の娘）と恋していたのである。

歌絵に漁人《あま》の塩焼く画《かた》を描きて、樵《きこ》り積みたるなげ木の下《もと》に書きて返し遣《や》る。

四方《よも》の海に塩焼く漁人の、心から焼くとは斯《か》かる歎《なげ》きをや積む

これも宣孝に答えて、「人はうわついた心から果ては身を焦《こが》す苦しい悲歎をもするのでしょう。自分はそういう憂目《うきめ》を避けたいと思います」という意を述べて、宣孝の恋を拒《こば》んでいる。ついでにこの端書を見ると、紫式部は人に送って恥《はずか》しくないだけの即興画《そっきょうが》をも描いたのである。

文の上に朱《しゅ》といふ物をつぶつぶと注ぎかけて、「涙の色」と書きたる人の返しに、

くれなゐの涙にいとど疎まるる、移る心の色と見ゆれば

宣孝が君を恋しく思う涙の色であるといって朱の点々を手紙の上に打って寄越《よこ》したのに対して、紫式部はそれは変りやすい軽薄な心の色であるといって応じなかった。

もとより人の女《むすめ》を得たる人なりけり。文散らしけりと聞きて、ありし文ども取り集めておこせずば返事書かじと、言葉にてのみいひ遣《や》りければ、皆おこすとて、いみじく怨《えん》じければ、正月十日ばかりの事なり。(この端書は紫式部)

閉ぢたりし上《うへ》の薄氷《うすらひ》解《と》けながら、さは絶えねとや、山の下水《したみづ》

これは宣孝の歌である。あなたは表面《うわべ》に自分の愛を容《い》れるようにみせておきながら、小説を返せというようなつれない仕打は、これきりで縁を断とうとするお心か、と紫式部を恨んだのをみると、宣孝ははじめに紫式部の文才を慕《なつ》かしく思って、為時の家の侍女などの媒《なかだち》を求めて、紫式部の作物《さくぶつ》をいくたびとなく借りてみたが、その芸術の才に感歎する心は一転して恋となり、年齢《とし》の十五六も違う身の程を省みる遑がなくて「二心無しなど常に言い渡る」に到った。紫式部ははじめにそういう関係になろうとは知らず、自分の芸術を愛する年長の知己と思えば嬉《うれ》しく感じないでもなく、また例の「いと畏く身固め」せず、ある程度までは誰にも優《やさ》しくする心から、宣孝の手紙に返事も書き、懇《ねんごろ》に望まれるままに自作の小説や随筆類をも貸し与えたのであるが、しだいに宣孝の消息が恋の消息に変化してゆくのをみて、世慣れぬ若い女の心に多少の

温かい動揺を感じながらも、なお「身を常に心遣いして守る」紫式部の自尊と聡明とは昏倒《こんとう》せず、自分は一時の軽はずみな心から未来の愁《うれい》を作るまいといい、近江守の娘との恋に専心することを宣孝に勧め、宣孝が勝手に己《おの》が恋人か何かの書いた物らしく自分の作物をその友人の間に貸し与えたりすると聞いて、それをことごとく取返そうとしたのであることが想像される。「正月十日ばかり」とあるのは長保元年の五月紫式部二十二歳の時であろう。

　　賺《すか》されて、いと暗うなりたるに、おこせたる。
　東風《こちかぜ》に解くるばかりを、底見ゆる石間《いしま》の水は絶えば絶えなん

宣孝は「小説をお返し下さい、お返しにならねばあなたの恋の御消息に否応《いやおう》の御返事をしません」と紫式部の言った言葉に促されて、その晩暗くなってから、前の「閉ぢたりし」という歌といっしょにその小説を皆返して寄越した。「閉ぢたりし」の歌に紫式部の答えたのがこの歌である。「あなたのような浅はかなお心の人とは、これきりで仲違《なかたが》えをしてしまいましても構いません」と答えたのである。

「今は物も聞えじ」と腹立ちたれば、笑ひて返し、

言ひ絶えばさこそは絶えめ、何かそのみはらの池を堤しもせん

前の歌を贈られた宣孝は腹を立てて「もう以後は手紙も差上げません」といってきた。紫式部は笑いながら、「仲違えを遊ばすならなさいまし、わたくしはあなたの御立腹をお止めしようとは致しません」と答えた。すると、その夜半《よなか》に、宣孝から、

猛《たけ》からぬ人数《ひとかず》波は沸《わ》きかへりみはらの池に立てど甲斐《かひ》無し

という歌を送ってきた。「今自分は湧き返るように腹立たしく思いますけれども、自分のような、長所のない、あなたのお心に協《かな》わない、卑しい者が、あなたに対して腹を立ててみても甲斐のないことだと知りました」といって、宣孝は自分の非常な年長と、紫式部の芸術的才能に対する自分の菲才《ひさい》とを省みて謙抑の心を述べたのである。紫式部歌集のうちで以上の数首を除いて宣孝との贈答らしい歌を発見することのできないのははなはだ呆気《あっけ》ない感がする。しかしそこに見逃してならないものがあると私は思う。宣孝の恋に対する紫式部の態度ははじめから受動的、消極的であった。紫

式部を全的に振盪《しんとう》させるほどの力ある恋ではなかった。紫式部は力《つと》めてそれを避けようとしたのであった。しかし宣孝は誠意を示すために近江守の娘との関係をも断ったに違いない。堰《せ》かれていよいよ激する男の心はある限りの手段を尽してその恋の真実を示そうとした。小説を返せといわるれば即夜に取集めて素直に返した。そうして最後にこの謙抑の歌を送って、ほとんど哀《あわれ》を女の前に乞うがごとき風を示した。紫式部はついに男の真実に絆《ほだ》されざるをえなくなった。それ以上男に対してつれなくすることはいわゆる「畏く身固めて、不動の陀羅尼読み印作りてい」るものであった。おそらくこうして紫式部は宣孝の恋を容れたのであろう。

　宣孝の真実に絆される紫式部の心は、ある程度以上「身を常に心遣いして守」る自《じ》力《りょく》を抑えて、「心よりほかにあわあわしく人におとしめらるる宿世」に淋《さび》しくも順応しようとするあきらめの心である。前に挙げた歌以外に恋の歌がなく、恋の歌のなかにも恋の喜びを歌った作が一首もないのはこのゆえであろう。今少し私の想像を加えていえば、婚後の紫式部は十五六も年の違った良人との間に日を経るに従って性情趣味の一致を欠くところが尠くないのを感じたであろう。良人から受ける愛を嬉しいとは思いながら、なおその余儀ない運命に従おうとする理性と、それになんとなく不満を覚える感情との矛盾に悩むところがあったであろう。源氏物語の老伊《ろうい》予介《よのすけ》に対する妻空蝉《うつせみ》の幽愁《ゆうしゅう》はやがて紫式部自身の幽愁ではなかったか。要するに宣孝は紫式部の十分な好配ではなかったように想われる。

○

紫式部と宣孝との結婚生活は長保元年の春から同三年の四月まで三年にも満たずして終った。紫式部は長保二年に第弐三位を生み、翌年に良人に死別《しにわか》れたのである。去年（長保二年）の冬から今年の七月へかけて疫病《えきびょう》が流行し、死骸《しがい》が道路に満ちた。宣孝も疫病で歿したのであろう。この光景を見て誰も安き思《おもい》はなかった。紫式部が人に朝顔の花を造って「消えぬ間《ま》の身をば知る知る朝顔の露と争ふ世を歎くかな」と歌い、当歳《とうきい》の大弐三位の病んでいるのを見て、「若竹の生《お》ひ行《ゆ》く末を祈るかな、此世《このよ》を憂《う》しと思ふものから」と詠んだのもこの夏のことである。

紫式部が良人のために着けた満一年間の喪服は、自筆の歌集によると薄鈍色《うすにびいろ》であった。当時の習俗として死者に対する志の深い人ほど濃黒《のうこく》の喪服を着けたのである。良人の死を悲《かなし》んだ紫式部の歌は僅《わずか》に一首しか見当らない。翌年の春に東三条女院《とうさんじょうじょいん》の崩御せられたころ、まだ薄鈍の喪服を着けていた紫式部の許《もと》へ、ある人が「雲の上も物思ふ春は墨染に霞む空さへあはれなるかな」という一首を寄せた。それは霞の深い夕暮であった。これに返した紫式部の「何かこのほどなき袖を濡《ぬら》すらん、霞の衣《ころも》なべて着る世に」という歌がそれである。薄鈍色を着るほどの浅い仲らいながら、さすがに時の立つままに良人のことがいまさらのごとく思出《おもいだ》されて涙さしぐむことも多かったと想われる。

○

紫式部の寡居《かきょ》はかえってこの人に絶倫の天才を発揮する機会を与えた。すなわち「源氏物語」の大作は良人の歿した翌年、長保四年の春ごろから筆を起して、寛弘元年の冬ごろぐらいまでに完成されたものと想われる。足掛《あしかけ》三年、紫式部が二十五歳の時から二十七歳に到る間である。

私の想像では、源氏物語は「桐壺《きりつぼ》」から書かれずに弐巻の「箒木《ははきぎ》」から書かれた。これについて私はかつて次のような考《かんがえ》を述べた。

源氏物語は最初「箒木」の巻《まき》から書かれたものだと私は想ひます。「光源氏《ひかるげんじ》、名のみことごとしく」と云ふ句の勢《いきおひ》は一篇の小説の起首《きしゅ》に適《ふさ》はしく、さうして「うつぼ物語」その他の当時の小説は、今の小説と同じく若い作者が若い男女の読者を対象として書くのであつて、読者の興味を刺戟《しげき》するために若い男女のことを主として書くのですから、「箒木」の巻で雨夜《あまよ》のつれづれに若いみづみづしい公達《きんだち》が集《あつま》つて女の批評を交換する所は、其《その》意味から云つて如何《いか》にも小説の首巻《しゅかん》らしく想はれます。「桐壺」を首巻として桐壺の帝《みかど》から書き出すと云ふことは、どうも映《は》えない趣向《しゅかう》だと思ふのです。それに「桐壺」はあのやうに完美《くわんび》した立派な文章ですが、次の「箒木」は全体に比較してまだ筆が暢達《ちやうたつ》せず、幾分未熟な点が目に付くのも私の想像を助ける一因です。私の考では「桐壺」は全部を書き終つた後《のち》に他《た》から注意でもされて総序《そうじよ》として源氏の君の生立《おひだ》ちを書くために付け足したものであらうと思ひます。それで他の巻の文章に比べて著《いちじる》しく一糸も乱れない円熟を示して居るのでせう。また源氏物語に出る多数の人物の経歴には全く矛盾《むじゅん》が無いと云つてよいのですが、唯《た》だ一つ六条の御息所《みやすどころ》が曾《かつ》て桐壺の帝の皇弟《くわうてい》で皇太子《くわうたいし》であつた人の御息所であつたと云ふことが、私の発見する所では年月の合はないことになるのです。それは「桐壺」の巻があるために矛盾を生じるので、「箒木」から書き出したのでは其矛盾は無いのです。若《も》し「桐壺」から書き出したとすれば、あの用意の周到《しゅうとう》な作者が主要な一人物である御息所にさう云ふ矛盾を生じさせる筈《はず》がありません。之は私の想像の如《ごと》く、後《あと》になつて「桐壺」を書き足した為に、作者がうつかりして其処《そこ》まで注意が届かなかつたのでせう。

先哲のなかには「須磨《すま》」「明石《あかし》」の両巻から書きはじめたのであろうという説がある。しかしその両巻の文章は「桐壺」と同じく完璧《かんぺき》を示している。私はその説に賛ずることができない。

私はまた、はじめからあらかじめ五十四帖の結構があって書いたのでなくて、紫式部が以前から書いていた短篇小説のように、「箒木」一巻だけで終るつもりで書いたのが、しだいに感興が湧いて書き足してゆくうちに、途中からああいう長篇を書く気になったのであろうと想われる。

「源氏物語」を石山寺《いしやまでら》で書いたというようなことは根拠のない俗説である。また大斎院（選子内親王）の仰《おおせ》によって書いたということも、天才の作品に由来を付けたがる好事家の臆説《おくせつ》である。紫式部は日記において明かに大斎院の侍女達の好尚を批難しているくらいである。その他「源氏物語」を天台の道理を象徴した仏教小説であるとし、もしくは勧善懲悪《かんぜんちょうあく》の意味を寓《ぐう》する教訓小説であるとする類の紛々《ふんぷん》たる旧説は一《いっ》も採るに足らない。

何人《なんぴと》も過去現在の文化や社会事象の影響を受けない者はない。その意味において「源氏物語」のモデルを詮索するのは理由のあることである。しかし芸術はモデルそのものではないから、一面の類似をもって作中の誰は史上の誰に当ると断ずることは厳正な批評家の避くべきことである。ただ牽強付会《けんきょうふかい》に陥らない範囲で推定すれば、「源氏物語」のモデルは当時の史上に多く発見される。たとえば光の君の須磨の左遷《させん》はやや古くて左大臣源高明《みなもとのたかあき》の左遷、最も近くて内大臣藤原伊周の左遷にヒントを得、冷泉院《れいぜいいん》が女院《にょいん》の崩御前後の悲歎は東三条の女院の崩御に一条天皇が御声《おんこえ》も惜《お》しまず児《ちご》どものようによよと啜泣《すすりなき》したまう御有様《おんありさま》が構想の縁となっているであろう。ことに「女院」の御号《おんごう》は正暦二年東三条院にはじまったのであるから、紫式部が「女院」の御号を用いた由来は明白である。

「源氏物語」は二大部に分れている。光源氏と紫《むらさき》の上《うえ》を主人公とした前四十四帖は寛弘元年ごろまでになって早くも世に喧伝《けんでん》されたであろう。「源氏物語」はひとまずそれで完結したのであるが、寛弘二年に入《い》って、さらに作者の思想の一転機に会し、ここに溌溂《はつらつ》たる感興の湧くままに新しく筆を起したのが、薫大将《かおるたいしょう》と浮船《うきふね》の君とを主人公とした後の宇《う》治十帖《じじゅうちょう》であろう。

国文学の批評について常に透徹した意見を発表せられた明治の第一人故《こ》藤岡作太郎《ふじおかさくたろう》氏の紫式部および源氏物語の批評は、とくに私の尊敬するところであるが、なかにたまたま白璧《はくへき》の微瑕《びか》と思われる節がないでもない。前に述べた新千載集の撰者の捏造した端書に誤られて宣孝以外に紫式部の愛人を認められたのもその一つであり、「源氏物語」をもって「藤氏《とうし》一門《いちもん》が道長を中心として栄華を極めたる時、五十四帖は光源氏を中心としたる当代貴族が栄華の蓄音器《ちくおんき》なり、寛弘宮廷のパノラマなり」といわれたのもその一つである。寛弘一二年ごろに成った「源氏物語」はそのモデルを寛弘以前に求めねばならぬ。決して寛弘宮廷の反影《はんえい》ではない。また万一寛弘年間の影響を受けているにしても、道長を中心とした藤氏の栄華は寛弘三年以後のことに属している。治安二年七月法成寺《ほうじょうじ》の落成をもって道長の栄華の絶頂とすれば「源氏物語」はそれより十八年以前にできたものである。かつて私が述べたとおり、かえって藤原氏の栄華は源氏物語に負うところが多かったに違いない。優れた芸術は常に現代より先に進んで未来の文明を促すものであるから。

私は「源氏物語」に現われた紫式部の思想と修辞とを述べて別に一冊としたいと思っている。それでここにはそれについていっさい述べずにおく。

○

紫式部が幼い大弐三位を養育しながら、一面に「源氏物語」の製作に専心したことは、異常な天才のわざとはいえ、かの浩瀚《こうかん》な作物が婦人の力で三四年の短日月《たんじつげつ》に完成されたので想像される。その間にはほとんど歌さえも詠まなかったらしい。歌集に、

門《かど》叩き煩《わづら》ひて帰りにける人の、翌朝《つとめて》、「世と共に荒き風吹く西の海も磯辺に浪は寄せずとや見し」と恨みたりける返事に、

帰りては思ひ知りぬや、岩角《いはかど》に浮きて寄りける岸のあだ浪

年立ちて「門は開きぬや」と言ひたるに、

誰《た》が里の春のたよりに鶯《うぐひす》の霞に閉づる宿を訪《と》ふらん

という二首を詠んで、九州から帰った国守某《ぼう》の恋を拒絶しているのがそのころの歌であろうと想われるだけである。浮名《うきな》の絶えぬ和泉式部が道貞《みちさだ》と別れて敦道親王《あつみちしんのう》の邸《てい》に入《い》り、後の人に謹厚《きんこう》な女のように誤解されている赤染衛門が「あるが上にまた脱ぎ

掛くる唐《から》ころも、操《みさを》もいかが作り合ふべき」と良人の博士に恨まれたほどうしろ暗い行いの多かった時に、「身を常に心遣いして守り」ながら「心易《やす》く打棄てたるさまに」妄動《もうどう》することを嫌う紫式部は、高く、清く、はた寂しきなかに独り千古《せんこ》の大作に耽《ふけ》っていたのである。そうして常にこれを奨励して倦《う》ましめず、しばしば紫式部の相談相手となって深窓《しんそう》の女子の知らぬ宮廷その他の事実を製作の参考資料として供給したのは、学者肌芸術家肌の父為時と兄惟規であろう。

日記にあるとおり、家にいる時の紫式部が数人の侍女に仕えられているのをみても、その一家はかなりに富裕な中流生活をしていたのである。いったいに当時の地方長官は京官よりも富んでいたので、子女を十分教育することもでき、またその子女が衣食の後顧《こうこ》なしに学問芸術に専心することもできた。紫式部ばかりでなく、和泉式部、赤染衛門、馬内侍、伊勢大輔《いせのたいふ》、相摸《さがみ》、小大君、清少納言、その他当時に輩出した多数の才女がたいてい受領《ずりょう》(地方長官)の家の子であるのをみても明かである。

◯

小説の流行は平安朝初期よりのことである。印刷の技術のなかった当時は、非常な勢《いきおい》で人から人へ多くの小説が伝写された。小説を上手な筆で写してそれを美しく装幀《そうてい》して贈物にすることは宮廷にも官人の家にも行われた。そのことは紫式部日記にも書かれている。

想うに「源氏物語」も一巻《ひとまき》ずつ、もしくは二三巻ずつ友人の間に伝わって、しだいに縉紳貴女《しんしんきじょ》の家庭に普及していったであろう。従来にない結構といい、描写といい、それが俄《にわ》かに非常な驚歎讃美《きょうたんさんび》をもって歓迎されたことはいうまでもない。一条天皇の乙夜《おつや》の御覧《ぎょらん》に入《い》っては「紫式部は日本紀に精通した女であろう」との御感賞を賜り大納言藤原公任は公会の席で紫式部に近づいて「ここですか、若紫《わかむらさき》がおいでになるのは」といって紫式部を作中の女主人公紫の上に擬《ぎ》したりした。

紫式部が「源氏物語」に筆を着けはじめたころ、清少納言は期せずして同時に「枕草紙」を書いていたが、短い物だけに長保四五年にはすでに世に流布したであろう。和泉式部は寛弘二三年ごろ「源氏物語」や「枕草紙」に発憤させられて「和泉式部日記」を書いたのであろう。

◯

紫式部が中宮彰子の女房として道長に聘《へい》せられたのは寛弘三年十二月二十九日のことである。かつて宣孝の恋によって一変し、次に宣孝の死によって再変し、もっぱら著作に従事した紫式部の生活は、ここに意外な宮仕をもって三変した。

「女房」に種々《しゆじゆ》ある。賢所《かしこどころ》に奉仕し、天皇、皇后、中宮、皇太后、皇太子等に奉仕する、あらゆる宮中の公式女官も女房である。皇后、中宮等に御用掛《ごようがかり》として奉仕するのも、もっぱら侍女として雑事に奉仕するのも女房である。また私人の家に家庭教師として仕えるのも、もっぱら侍女として仕えるのも女房である。清少納言が中宮定子《さだこ》に仕えたのは侍女としてであるが紫式部が中宮彰子に仕えたのは御用掛と侍女とを兼ねたものである。常に中宮に奉仕するのでなくて、御用のあるたびに幾日か宮に参って宿所として賜った局《つぼね》に滞留するのである。宮から帰れば自分の家の女房（侍女）にかえって自分が仕えられているのである。また女房は高等婢女《こうとうひじよ》ではないから、衣食の生活の保障を得たいために仕えるのではない。むしろ衣食の生活に差支えない者でなくては勤まらない贅沢《ぜいたく》な職務である。その仕える理由には二種ある。一《いつ》は特別に才能ある婦人が御用掛りもしくは家庭教師として貴人の家に招かれてゆくのである。一は教育ある婦人が己《おの》が家相応の生活よりもいっそう華やかな生活に接近して立身《りつみ》の縁を開きたいために貴人の家に仕えるのである。紫式部はもとより前者であった。

貴女の女房に学才ある婦人を聘することは、寛平《かんぴょう》ごろ（宇多《うだ》天皇）からの流行であるが、天暦以来多くの才媛が輩出したので、それを招聘《しょうへい》することは貴族社会の競争となり栄誉となっていた。ことに后妃《こうひ》を出《い》だす名閥権門《めいばつけんもん》においてその后妃の周囲に才気ある女房を多く有することは「紫式部と清少納言」の著者梅澤《うめざわ》氏のいわゆる「後宮の和楽を増し、皇后を輔佐《ほさ》するもの」として必要であったばかりでなく、その后妃の光栄を大《おお》いにし、位地を堅固にして、かねて外戚《がいせき》たる名閥権門の勢力を加えるために必要であった。当時藤原道隆の女《じょ》である中宮定子の周囲には清少納言はじめ幾多の才女が集《あつま》っていた。そのために道隆在世中の後宮がいかに歓楽の色、好笑《こうしょう》の声に満ちていたかは「枕草紙」一巻が示すごとくである。伊周の一たび躓《つまず》いて、政権の中心が道長に移るにおよび、十二歳の少貴女彰子は長保元年をもって女御《にょご》となり、翌年の二月には中宮の宣下《せんげ》を見た。皇后定子に対峙《たいじ》するために清少納言以上の才女を得て彰子の御用掛たらしめることは何よりも必要であったに違いない。まず赤染衛門、大納言の君、小少将、中将等の才女が里内裏《さとだいり》たる道長の土御門《つちみかど》殿に聘せられたのはこのごろからのことであろう。

　そこへ「源氏物語」の傑作によって紫式部の盛名は寛弘二三年のころ一時《いちじ》に籍甚《せきじん》した。新しい人才を善く簡抜して愛重《あいちょう》した炯眼な道長が紫式部を己が子の中宮のために招致しようとしたのは当然である。しかし紫式部の心は当時の才女達が無上の栄誉とした宮仕をかえって喜ばなかった。古今の天才に共通する内気な、かつ気むずかしいところが紫式部にもあって、得意らしく人中《ひとなか》に立交《たちまじ》ることを好まなかったところもあろうが、要するに他の時流の才女達よりは高く、清く、さびしい性格をもっている人であった。もっぱら高踏的ではなかったが、宇治十帖における八の宮のように運命に抗《さか》わず、さりとて理想を棄てず、その間の苦悶《くもん》に堪《た》えて淋しく世の一隅《いちぐう》に生きてゆこうとする人であった。こういう孤独清高の厭世的《えんせいてき》気分に満ちた人が、そうして社会事象の裏面を鋭く透察することに長じた「源氏物語」の作者が、朝夕に巧言追従《こうげんついしょう》して心を売り、坐臥《ざが》進退《しんたい》にも窮屈な思《おもい》をして凡俗の間に交《まじわ》る宮仕を好まないのは怪《あやし》むに足らない。紫式部はいくたびもこれを辞したであろう。しかし当時第一の硬骨《こうこつ》であった右大将《だいしょう》藤原実資《ふじわらさねすけ》さえも、手記の家乗《かじょう》には口を極めて道長を罵《ののし》りながら、なおその下風《かふう》に立って常に土御門邸《てい》に伺候《しこう》せざるをえなかった時に、前越前守の女《むすめ》、式部丞の妹たるにすぎない紫式部が、父兄《ふけい》を透《とお》して来《きた》る道長の招聘を固辞することのできなかったのも無理はない。歌集にある

身を思はずなると歎くことの、やうやう斜《なゝめ》にひたぶるのさまなるを思ひける。

数ならぬ心に身をば任せねど、身に従ふは心なりけり
心だに如何なる身にか適《かな》ふらん、思ひ知れども思ひ知られず

という二首の歌を読むと、その際の紫式部の苦痛が今もその声を伝えている。「身を思わずなる」とは不本意な運命の切迫を歎くのである。「身に従ふは心なりけり」とは社会の力が個性を凌駕《りょうが》するのに忍従《にんじゅう》するのである。

新しい皇居が竣成《しゅんせい》して、寛弘二年十二月に中宮の入内《じゅだい》せられる日が迫った。道長は紫式部の出仕を促したに違いない。厭々《いやいや》ながらもついに、中宮の入内せられた数日の後に紫式部は宮中に入った。それが押詰《おしつま》った十二月の二十九日の夜《よ》であったことをみても、いかに逡巡《しゅんじゅん》し遷延《せんえん》していたかが想われる。

初めて宮中《うち》わたりを見るにも、物のあはれなれば、
身の憂《う》さは心の内《うち》にしたひ来て、今九重《ここのへ》に思ひ乱るる

この歌でみても、紫式部の心ははじめて宮中の栄華に接しながら少しも喜んでいないのである。

○

さきに中宮に仕えていた女房達はあらかじめ「源氏物語」によって作者を想像し、紫式部を才走《さいばし》った、意地の悪い、矜傲《きんごう》な婦人であろうと期待していた。しかし実際の紫式部は内気な、優しい、言葉の寡《すくな》い、謙遜な、普通《なみ》の婦人であった。けれど嫉妬《しっと》と中傷とは凡俗な女達の癖である。紫式部に対していろいろの蔭口をきく儕輩《さいはい》の声が絶えなかった。またあまりに思慮《しりょ》のない愚論や僻見《へきけん》を並べ、強弁をもって紫式部を侮《ぶ》辱《じょく》する女さえあった。謹厚な紫式部はあえて争おうとしなかったが、それをかえって物を知らぬ癖に高く澄《すま》して尊大ぶっているというような批難を下《くだ》す女のある時は、窃《ひそか》に

わりなしや、人こそ人と言はざらめ、みづから身をや思ひ棄つべき

と歌って、不快な心を鎮めていた。

寛弘四年の夏から折々「楽府」を中宮のために講じた。それも儕輩の嫉妬を憚《はばか》って、

人目につかぬようにして講じるのであった。寛弘五年五月五日に土御門殿に催された法華経三十講の五巻目の講席に中宮とともに列《つら》なって、

妙《たへ》なりや、今日《けふ》は五月の五日《いつか》とて五《いつ》つの巻《まき》に逢へる御法《みのり》も

と歌い、その夜、仏前の燈《ひ》と庭の篝火《かがりび》と池に映って昼よりも明るく、菖蒲《あやめ》の葉の香り合うのを見て、

篝火の影も騒がぬ池水に幾千代《いくちよ》澄まん法《のり》の光ぞ

と眼前の法会《ほうえ》に自分の悲哀を紛らして歌ったが、相対《あいたい》している小少将という女房は、姿も美くしく、何《なに》の悲しみもないように若やかでありながら、その人も

澄める池の底まで照す篝火の、まばゆきまでも憂き我身かな

とつくづくと打歎《うちなげ》くのであった。その夜は身を嚙《か》む哀感に眠られず、夜明方に廊《ろう》へ

出て、局の下から流れる水を見て勾欄《こうらん》に凭《よ》っていたが、暁《あかつき》の景色の哀れさに、小少将の局の格子《こうし》の前に来て叩くと、小少将は中から格子を下《おろ》した。また二人ながら廊へ出て、

影見ても憂きわが涙落ち添ひて、かごとがましき滝の音かな

と紫式部は詠んだ。「輝く藤壺」の宮、「望月《もちづき》の欠けたることも」なき道長の邸の裏面に、かかる天才婦人の涙が人知れず流れていようとは誰《だ》れが知ろう。

○

寛弘五年七八月ごろから同七年の春までのことは紫式部日記に書かれている。私は私の新訳紫式部日記に譲ってここには言わずにおく。

当時の日記という意味に種々ある。日々《にちにち》の記録、たとえば日本式漢文で書かれた御《み》堂殿御記《どうどのおんき》、小右記、左経記《さけいき》のごときが日記であることはいうまでもないが、紫式部日記のように折々に書く随筆類も日記である。また自伝を三人称で書いた短篇小説の和

泉式部日記のようなものも日記と称せられたのである。

紫式部日記は寛弘六年ごろに書きはじめたものであろう。日記や歌集で想像すると、宮仕を厭《いと》わしく思うことは依然として変らず、自分の肉体にも非常に宮仕が苦痛であるのを感じるので、しだいに私邸に帰っていることが多くなったようであるから、私邸にいる時に思い出して宮仕以後のことを書いたのであろう。途中で一度友人に見せたことがあって、その時に書き添えた手紙がそのまま中ほどに挟まっている。またその後に書き足して、寛弘七年の春の記事で終っているのは、そのころからしだいに病身になったらしく想われる。

日記のなかでとくに見逃してならないことは、紫式部が、自分は過去も楽しい思出をもっていないが、未来にもそういうことは期待されないという意味のことを書いていることである。宣孝との恋も、中宮への奉仕も、すべて紫式部にとっては不本意のことであった。そうして「源氏物語」の大作さえ紫式部はすこしも自負《じふ》すべきものと考えていなかったらしいのである。後人《こうじん》が苦心惨憺《くしんさんたん》の作であろうと思う「源氏物語」も、偉大な天才自身にあっては案外容易に製作されたので、その苦心をも千古の名誉をも自覚しないのであろう。

紫式部日記は「源氏物語」に比すれば天才の一鱗《いちりん》にすぎないものであるが、紫式部の直接の性情と日常の言行とを知るには紫式部歌集とともに絶好の資料である。また当時の最も信用すべき史料であることは、「栄華物語」の作者が後一条天皇の御誕生を叙するに当ってまったく紫式部日記のその条を資料としているのでみても明白である。しかし紫式部の偉大な実力を知ろうとするには「源氏物語」を通読するほかはない。

紫式部は「源氏物語」以後にもいくつかの短篇小説を書いていることは日記の記事で想像されるが、惜しいことには「源氏物語」の盛名に圧倒されて伝《つたわ》らないのである。

○

寛弘八年六月一条天皇が崩御ましまし、四十九日の忌籠《きごもり》を終って一条院から退散する時、紫式部は

有りし世は夢に見なして、涙さへ留《とま》らぬ宿ぞ悲しかりける

という歌を詠んだ。この天皇は父為時の学才を早く認めて殊寵《しゅちょう》を賜い、また自分が

宮中に奉仕して日夕《につせき》親しく拝し参らせたのみならず、自分の作物に激賞を賜ったほどの知遇を忝《かたじけの》うしているのであるから、紫式部の悲歎は言外に深かったであろう。

○

紫式部が中宮の宮仕を常に苦しく思っていることは日記にも書かれているが、なお次のような歌がある。

うきことを思ひ乱れて青柳のいと久しくもなりにけるかな

宮中に相撲《すもう》のある日、人の歌の返しに、

挑《いど》む人あまた聞《きこ》ゆる百敷《もゝしき》のすまゐ憂しとは思ひ知るやは

また紫式部が病身がちで私邸に多く下《さが》っているようになったことは、ある年の五節舞のころに、紫式部の宮中へ入らないことを惜んで、同僚である弁宰相《べんのさいしょう》から贈った歌

に「さらば君やまひの衣《ころも》過ぎぬとも恋しきほどに来ても見えなん」と歌い、また紫式部自身もある時、

わづらふことある頃なりけり。かひぬまの池といふ所なん或人《あるひと》のあやしき歌語りするを聞きて、試《こゝろ》みに詠まんといふ。

世に経《ふ》るに何《な》ぞかひぬまの生《い》けらじと思ひぞ沈む、底は知らねど

という歌のあるのでも想像される。そのほかにとかく厭世的悲観的な歌が多いのは病身でみずから久しくないことが予感されたからであろう。

経《ふ》れば斯《か》く憂《う》さのみまさる世を知らで、荒れたる庭に積る初雪
峰寒み岩間凍《こほ》れる谷水《たにみづ》の、行方《ゆくへ》しもこそ深くなるらめ
改めて今日《けふ》しも物の悲しきは身の憂さやまたさま変りぬる
ことわりの時雨《しぐれ》の空は雲間あれど、ながむる袖ぞ乾く間ぞ無き
何ばかり心づくしに眺めねど、見しに暮れぬる秋の月かな

兄の惟規が歿したのは長和三年ごろである。その翌年（すなわち長和四年）に紫式部は歿したと想われる。

六月ばかり撫子《なでしこ》の花を見て、
垣根荒れさびしさまさる床夏《とこなつ》に露置きそはん秋までは見じ

病床の自分はこの秋までは永らえまいというのである。また

物や思ふと人の問ひ給《たま》へる返事に、九月三十日《くがつつごもり》、
花すすき葉分《はわけ》の露や何《なに》に斯く枯れ行《ゆ》く野辺にさえ止まるらん

とにかくその年九月の三十日までは永らえていたのである。中宮の許に仕えていた年若の小少将が自分より先に歿したと聞いて、その遺《のこ》した文を見ながら、
暮れぬ間の身をば思はで、人の世の哀れを知るぞ且《かつ》は悲しき
誰《た》れか世に永らへて見ん、書き止めて跡は消えせぬ形見なれども

と詠んだ二首が自筆の歌集の最後の歌であるのを見ると、これがおそらく絶筆となってその年のうちに歿したのであろう。私の推定の年は三十七歳である。姉は紫式部の二十歳前に歿し、師であり学友であった兄の惟規は紫式部の歿する前年あたりに歿した。父母《ちちはは》は長寿であったのに、その兄弟達は皆なぜか短命である。弟の惟通も聞えるところのないのをみると紫式部の歿後にこれも早く歿したのかもしれない。

父の為時が長和五年に出家したのも、最愛の惟規と紫式部に引続いて先立たれたのが菩提心《ぼだいしん》の縁となったのではなかったか。

○

紫式部が長和四年に歿したと私の推定する理由は、父の出家について詠んだ歌のないことである。またそれから五年以後の寛仁二年一月道長の家の新年宴会の屏風《びょうぶ》に一代の名家を網羅《もうら》して詩や歌を作らせ行成《ゆきなり》をして書かせた時、和泉式部が作者の一人に選ばれて歌を詠んでいるのに、一流の才女である紫式部がまだ生きているならその選《せん》に洩《も》れるはずがない。

世には後一条天皇の万寿二年ごろまで生きていたという説がある。その説の根拠は、日記に「御堂」という語《ことば》があるので道長の法成寺が落成《らくな》した治安三年以後に生きていた一証とし、また栄華物語に万寿二年八月親仁《ちかひと》親王（後冷泉《ごれいぜい》天皇）御誕生の条に、「大宮《おおみや》の御方《おんかた》の紫式部が娘の越後の弁」という記事のあるのをもって同年まで生きていた一証とするのであるが、しかしそれらは皆軽卒な判断である。日記にある「御堂」は法成寺の御堂でなくて、法興院《ほうこういん》の御堂をいうのである。その証拠には、法成寺の御堂ならば七年前の長和四年に歿した大蔵卿藤原正光《おおくらきようふじわらまさみつ》のことがそこに書かれてある訳がない。また法成寺の記事ならば道長を「入道《にゆうどう》」と呼ぶはずであるが、日記には「殿」と書いているし、そのほか寛弘五年ごろの中宮の女房である宰相などが十五年後になお若々しい姿で書かれているような矛盾がある。次に栄華物語の句は越後の弁の生立《おいたち》を示すために置かれた句であって、紫式部が永らえているのでは断じてない。もし永らえていたなら、法成寺に関する歌や我子が後冷泉天皇の御乳母《おんめのと》となった喜びの歌が必ず詠まれているに違いない。紫式部は「この世をば我世とぞ思ふ、望月の欠けたることもあらじと思へば」と歌った道長その人の栄華の絶頂を見ずに亡くなったのである。

○

紫式部の名は伝わらない。中宮に仕えて女房名を藤式部《とうしきぶ》といい、また紫式部といった。藤《とう》は藤原の義、式部は兄の官が式部丞だからである（私はかつて藤式部と呼ばれる訳がないと述べたが、栄華物語に藤式部と明かに書かれているのをうっかりと看過《かんか》していたことを赤面《せきめん》する）。紫式部はもちろん「源氏物語」の女主人公紫《むらさき》の上《うえ》によって他から付けた字《あざな》が通称となってしまったのである。一条天皇の御言葉《おことば》によって日本紀の局と呼んだというのは一時のことであろう。

○

紫式部は清少納言を批評しているが、交際はなかった。和泉式部は寛弘七年ごろに同じく中宮の御用掛となったから相知る仲であった。赤染衛門とは同僚であるが、親しくはなかった。伊勢大輔も同僚である。伊勢大輔の歌集を読むと、紫式部が清水寺《きよみずでら》に参籠《さんろう》しているのに自分も行《ゆ》き合って、ともに燈明《とうみょう》を献《けん》じて、

こころざし君に掲《か》ぐる燈火《ともしび》の同じ光に逢ふが嬉しさ（紫式部）
古《いにしへ》の契《ちぎ》りも嬉し、君がため同じ光に影を並べて（伊勢大輔）

という贈答をしている。「君がため」とは寛弘六年ごろ中宮の御平産《ごへいざん》などをともに祈禱《きとう》したのであろう。またある年松の枝に雪の凍りついたのに添えて紫式部から

奥山の松葉に凍る雪よりも我身世に経《ふ》る程ぞ果敢《はか》なき

という歌を同じ人に贈っている。晩年病気がちに家に籠《こも》っていたころの作であろう。宮仕の同僚では、先輩として大納言、後輩として若く美しい小少将が親しい友であった。あるいは赤染衛門などは嫉妬中傷と強弁とをもって紫式部を困らせた先輩同僚の一人であったかもしれない。

紫式部の幼い時からの親友は前に述べた姉妹《しまい》の誼《ぎ》を結んだ女《おんな》である。名は伝わらないが、同じく地方官の娘であった。肥前国《ひぜんのくに》へ下《くだ》って、京へ帰ってからその国の話をして「源氏物語」の材料を提供したのも同じ人である。この人との贈答の歌に、古来恋

人との唱和であるように誤られたほど真実が溢《あふ》れている。

○

大斎院の女房の中将は小説や随筆を書く女であったが、紫式部は日記のなかでその女を忌憚《きたん》なく批評している。そうしてその女が前に述べた「名のりをせねば人咎めけり」と兄の惟規が詠んだ恋人であり、同じ兄が臨終に「あまたあれば」といった恋しい人の一人である。紫式部は兄の許へ寄越した中将の作物や手紙を見せてもらって批難したのであろう。

○

紫式部は二十歳ぐらいの時（長徳三年）父に伴《つ》れられて越前へ旅行した。その時の歌が八首遺っている。夏から行って翌年の春に帰ったらしい。滞在中、敦賀の港へ支那人を見にも行ったようである。小右記を見ると、長徳三年六月の条に「大宋国の人近頃越前に在《あ》り」という記事がある。偶然にも私の推定した年と一致している。

このほかに山城《やましろ》の宇治《うじ》あたりまでは行ったであろうが、須磨、明石、住吉《すみよし》などの景色は人聞《ひとぎき》で書いたようである。大和《やまと》の長谷《はせ》などへも行った様子がない。いったいに蒲《ほ》柳《りゆう》の質であったために旅行しなかったのであろう。

○

紫式部の一人娘ははじめ上東門院の侍女として仕え、祖父が越後守であった縁故から越後の弁といい、それから後冷泉天皇の御乳母に選ばれ、後に後冷泉天皇が即位ましました時三位に叙せられ、良人高階成章《たかしななりのり》の官名によって大弐三位と呼ばれた。旧説に越後の弁と大弐三位と二人の娘があったというのは、同じ人の前後の名を二人の名と誤解したのである。

上東門院（中宮彰子）は紫式部をとくに愛しておいでになったので、その遺子《いし》である大弐三位をもとくに召されて侍女に加えられ、御孫の後冷泉天皇の御乳母にも有力な競争者があったに関《かかわ》らず大弐三位を採用されたのである。

大弐三位は母に勝る美人であった。歌はまた母よりも上手であった。昔から小説「狭衣《さごろも》」はこの人の作だと伝えている。私は当時にこの人を除いて「狭衣」の作者らしい実力のある人を思い当らない。たぶんこの人の作であろうと想われる。大弐三位に母を悼《いた》む歌のないのをみても、まだこの人が歌を詠む年ごろに達しないで紫式部の早世したことが推定される。

父母がなくて育った大弐三位は母と違って貞操の自重が緩漫《かんまん》であった。はじめ上東門院の従兄《いとこ》で、母の紫式部とも交際のあった左衛門督藤原兼隆《さえもんのかみふじわらかねたか》に愛されて一人の子を生んだ。兼隆は母における宣孝のように十四五歳の年長であった。大弐三位はその時の乳で御乳母となった。また後に道長の子の堀川右大臣《ほりかわうだいじん》といわれる頼宗《よりむね》と恋し、そのほかにも多くの浮名が立った。後に播磨守高階成章の妻となったが、百人一首《ひゃくにんいっしゅ》にある「有馬山《ありまやま》印南《いな》の笹原風吹けば」という歌は、良人は任地に、自分は太子の宮にいたころの作である。成章は大弐となって六十九歳で任地の筑紫《つくし》で歿した。

成章との間に生んだ一人娘は、後冷泉天皇の中宮章子内親王《あきこないしんのう》に仕えて、同じく父母の縁故で大弐と称し、紫式部の孫たるに恥じない歌を詠んで、その歌集を遺している。

紫式部系図

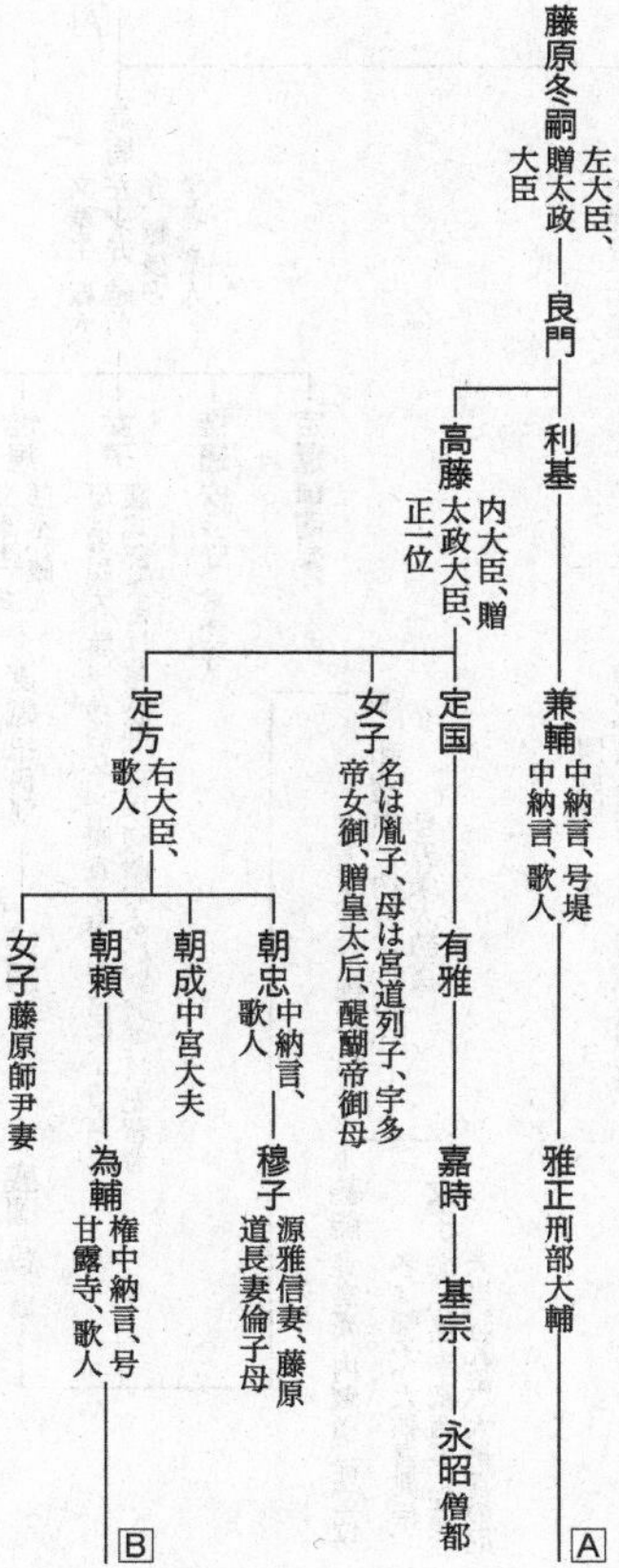
藤原冬嗣 左大臣、贈太政大臣
良門
利基
兼輔 中納言、号堤中納言、歌人
雅正 刑部大輔
A
高藤 内大臣、贈太政大臣、正一位
定国
有雅
嘉時
基宗
永昭僧都
女子 名は胤子、母は宮道列子、宇多帝女御、贈皇太后、醍醐帝御母
定方 右大臣、歌人
朝忠 中納言、歌人
穆子 源雅信妻、藤原道長妻倫子母
朝成 中宮大夫
朝頼
為輔 権中納言、号甘露寺、歌人
B
女子 藤原師尹妻

A

- 為時　文章生、蔵人、左少弁、越前守、越後守、学者、歌人
  - 女子
  - 惟規　文章生、式部丞、蔵人
    - 貞職　紀伊守
      - 盛綱　左馬助
        - 盛国　左馬助
          - 邦綱　木工頭、東宮権太夫、権大納言、正二位、号五条大納言
            - 基能　春宮亮、内蔵頭、従三位
            - 女子　名は輔子、大納言典侍、従三位、平重衡妻、安徳天皇御乳母、大納言の尼
  - 女子　母は常陸介藤原為信女、藤原宣孝妻、中宮彰子侍女、号藤式部または紫式部、源氏物語および紫式部日記著者
  - 惟通　安芸守、常陸守
  - 定暹　阿闍梨
- 為頼　摂津守、太皇太后宮亮、歌人（姉小路伯爵家祖）
  - 伊祐
    - 頼成　阿波守　実は具平親王子
      - 惟綱　修理亮
    - 頼祐　画家
  - 女子　号殿の宣旨
- 頼経　出雲守、陸奥守

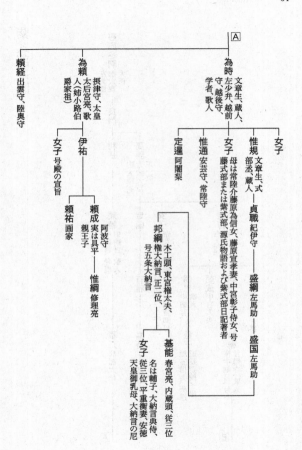

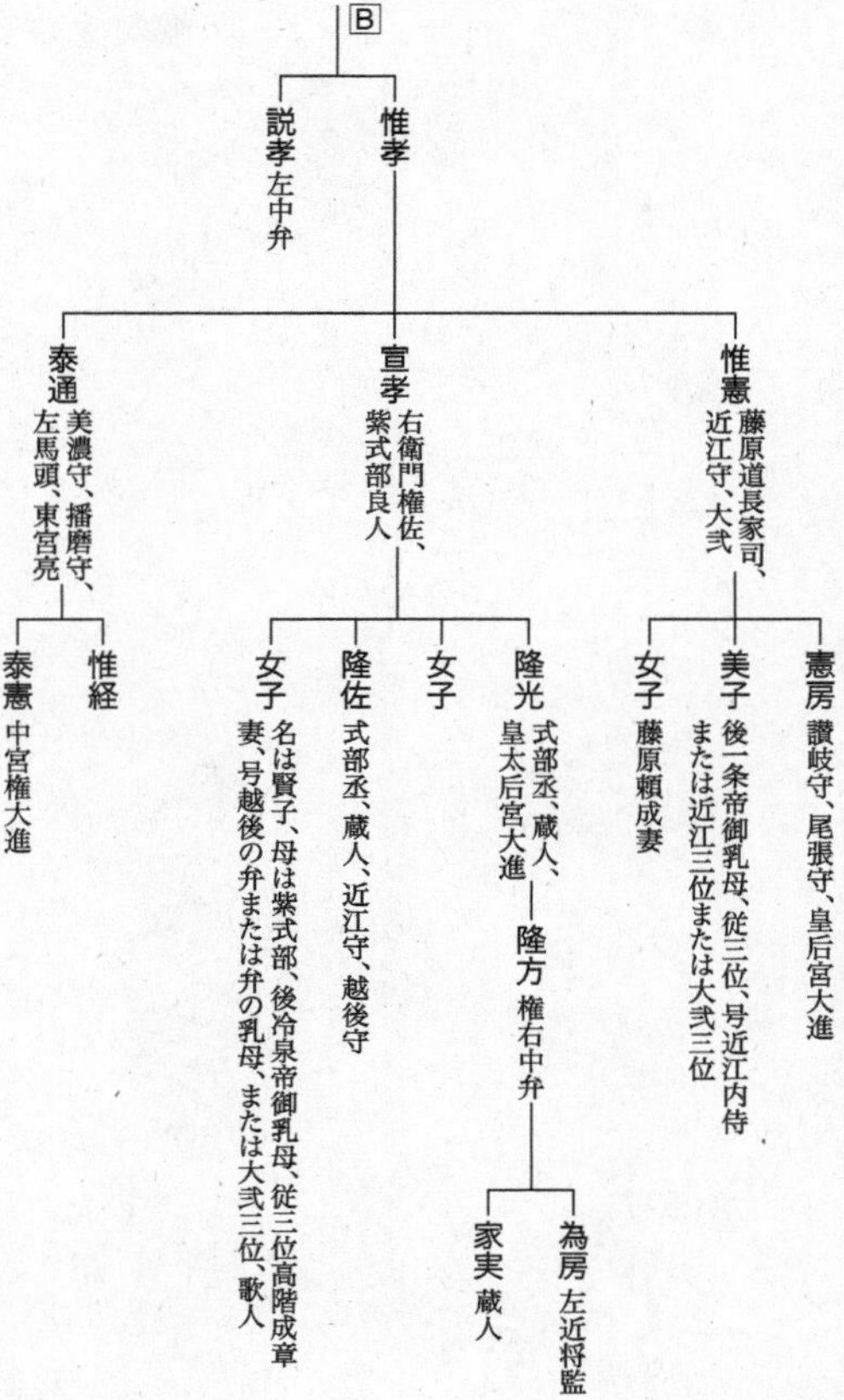
B
惟孝
説孝 左中弁
惟憲 藤原道長家司、近江守、大弐
宣孝 右衛門権佐、紫式部良人
泰通 美濃守、播磨守、左馬頭、東宮亮
憲房 讃岐守、尾張守、皇后宮大進
美子 後一条帝御乳母、従三位、号近江内侍または近江三位または大弐三位
女子 藤原頼成妻
隆光 式部丞、蔵人、皇太后宮大進
女子
隆佐 式部丞、蔵人、近江守、越後守
女子 名は賢子、母は紫式部、後冷泉帝御乳母、従三位高階成章妻、号越後の弁または弁の乳母、または大弐三位、歌人
惟経
泰憲 中宮権大進
隆方 権右中弁
為房 左近将監
家実 蔵人

紫式部・和泉式部年譜

天延《てんえん》二年（西暦九七四）
円融《えんゆう》天皇の六年である。関白は堀河殿《ほりかわどの》と呼ばれる太政大臣藤原兼通《ふじわらかねみち》である。春から夏へ懸けて皰瘡《ほうそう》が流行《はや》った。六月に前摂政藤原伊尹《ふじわらこれただ》の末亡人《びぼうじん》は皰瘡のために同じ日の朝と夕方とに少将挙賢《たかかた》、少将義孝《よしたか》の二子《にし》を失った。大江雅致《おおえまさむね》の長女として和泉式部が生れた。

同三年（九七五）
四月に冷泉《れいぜい》上皇の女御《にょご》懐子《かいし》が薨去《こうきょ》した。この人は後の華山《かさん》天皇と尊子《そんし》内親王との御《おん》母《はは》である。藤原道隆《ふじわらみちたか》の長女定子《さだこ》が生れた。母は高内侍《こうないし》と呼ばれる高階貴子《たかしなきし》である。

貞元《ていげん》元年（九七六）
正月に冷泉上皇の第二の皇子の居貞《おきさだ》親王がお生れになった。御母は藤原兼家《ふじわらかねいえ》の長女の超子《ちょうし》である。五月に内裏《だいり》が焼けた。兼通は陛下《へいか》のお立退所《たちのきじょ》がお手狭であるため、仮皇居に宛てようとして私邸を内裏風に建築していた。六月に近畿に大地震があって京の大きい建物が多く倒壊した。九月に七代前の陽成《ようぜい》天皇の皇子の元良《もとよし》親王が高齢でお薨《かく》れになった。

貞元二年（九七七）

三月に兼通の私邸の堀河殿へ天皇とお后《きさき》がお遷《うつ》りになった。それで堀河殿が自然に堀河院と呼ばれるようになった。また今内裏とも人は呼んだ。四月に藤原頼忠《ふじわらよりただ》と源雅信《みなもとまさのぶ》が左右の大臣になった。七月に内裏が竣成《しゅんせい》して天皇の還御《かんぎょ》があった。十月に兼通が弟の兼家の大納言兼右大将《だいなごんけんうだいしょう》の官職を剝《は》いで治部卿《じぶきょう》に貶《へん》した。兼家が外孫《がいそん》の居貞親皇のために非望《ひぼう》を抱《いだ》いている形跡があるということが理由になっていた。そして従弟《いとこ》の頼忠を関白に推挙して間もなく兼通は薨去した。上皇の女御超子は今年もまた皇子為尊親王《ためたかしんのう》を生んだ。

天元《てんげん》元年（九七八）

五月に頼忠の一女遵子《じゅんし》が女御になった。十月に頼忠が太政大臣になり、雅信が左大臣に転じて、籠居《ろうきょ》していた兼家が頼忠の好意で右大臣に推挙された。十一月に兼家の二女の詮子《せんし》が女御になった。冷泉上皇の第四の皇子敦道《あつみち》親王が二、三の皇子と同じ御母から生れた。藤原為時《ふじわらためとき》の二女として紫式部《むらさきしきぶ》が生れた。

天元二年（九七九）

三月に石清水《いわしみず》神社に行幸《ぎょうこう》があった。六月に中宮が崩御された。七月に大風《たいふう》が京に吹いて宮門や諸寺の堂などが倒れた。

同三年（九八〇）

六月に今上《きんじょう》第一の皇子懐仁《やすひと》親王が兼家の東三条邸《とうさんじょうてい》でお生れになった。御母は詮子の女御である。十月に冷泉上皇の皇女の尊子《そんし》内親王が今上の女御として入内《じゅだい》された。皇居が炎上した。

同四年（九八一）

四月に加茂《かも》と平野《ひらの》の社《やしろ》へ行幸があった。九月に菅原文時《すがわらふみとき》が薨去した。十月に新しくできた内裏へ天皇がお入りになった。後に紫式部と結婚する藤原宣孝《ふじわらのぶたか》が右衛門尉《うえもんのじょう》であるとともに蔵人《くろうど》に補せられたのはこの年のようである。

同五年（九八二）

正月に上皇の三親王の御母である女御の超子が急病で薨去した。二月に伊予国《いよのくに》で海賊《かいぞく》の能原兼信《よしはらかねのぶ》および同類十五人が国司の兵に討たれた。この月に天皇は京のことを、世の中は少しも静謐《せいひつ》でない、盗人《ぬすびと》が横行し、人の殺害《せつがい》されるような事件が毎日のようにある、これは検非違使《けびいし》が職に忠《ちゅう》でないからであるとお歎《なげ》きになった。三月に遵子の女御が后に立たれた。四月に外叔《がいしゅく》の藤原光照《ふじわらみつてる》の忌服《きふく》のために宮中から里邸《りてい》へお出になった二品尊子《にほんそんし》内親王が誰にも知らせずに髪を切っておしまいになったという噂が立った。里邸の人々は少しばかりのことであるといって尼《あま》におなりになったということを打消していたが、真偽のしれないのを天皇は非常に御心配遊ばされた。前後二回とも皇居の炎上した際に、この内親王が宮中にお出《い》でになったため、火の宮などという名を口さがない者から付けられておいでになった方《かた》である。近親の死に無常をお感じにもなったであろうが、一月《ひとつき》前の立后《りっこう》のことが最も大きな原因となって尼にまでなろうと思召《おぼしめ》したらしい。僧の奝然《ちょうねん》が入宋《にゅうそう》した。

永観元年《えいかん》（九八三）
三月に山城国葛野郡《やましろのくにかどのごおり》の仁和寺《にんなじ》に近い土地にある円融寺《えんゆうじ》の建築が終った。源順《みなもとじゅん》が卒《そっ》去《きょ》した。

同二年（九八四）
八月に譲位《じょうい》のことがあった。新太子《しんたいし》は懐仁親王である。新上皇は堀河院へお入りになった。十一月に藤原為光《ふじわらためみつ》の一女忯子《ていし》が天皇の女御になり、続いて藤原朝光《ふじわらあさみつ》の一女の姚子《ちょうし》と、関白頼忠の二女の諟子《ていし》が女御になった。臨時祭《りんじさい》の夜、天皇の御禊《おんみそぎ》の間に御馬《おんうま》を引いてくるのを忘れて、蔵人宣孝は斉信《ただのぶ》、時叙《ときのぶ》の二公子とともに譴責《けんせき》された。当代になって関白や大臣に移動はないのであったが、関白の実権の半《なかば》は自然に中納言藤原《ふじわら》義懐《よしちか》へ移った。義懐は聡明《そうめい》な弁官《べんかん》の惟成《これしげ》を顧問《こもん》にして政治を行っていた。

寛和元年《かんわ》（九八五）
正月に弾正小弼《だんじょうしょうひつ》大江匡衡《おおえまさひら》が誰《たれ》とも分明《ふんめい》しない凶漢《きょうかん》のために傷《きず》けられた。三月になって匡衡を殺害しようとした者が兵衛尉藤原《ひょうえのじょうふじわら》斉明《ただあきら》であることが判明して、播磨守某《はりまのかみぼう》を傷つけたその弟保輔《やすすけ》とともに捕縛《ほばく》する命《めい》が左衛門府《さえもんふ》へ下《くだ》った。同所の府生《ふせい》の二人が兄弟の家へ行くと斉明はもう船で摂津国《せっつのくに》へ逃げたあとであった。なお長谷寺《はせでら》へ参詣《さんけい》したはずの保輔の帰るのを自分らは待っているのだと検非違使《けびいし》らがいっていた。四月に陸奥守《むつのかみ》から貢物《こうぶつ》として京へ送られる四頭の馬が、上野国《こうずけのくに》で強盗《ごうとう》に二頭を射《い》られ、一頭を奪われ、一頭だけ僅《わず》かに無事なるを得た。七月に女御の忯子が薨去した。八月に円融上皇が落飾《らくしょく》遊ばされた。そして九月に堀河院から円融寺《えんゆうじ》へお入りになった。そこが自然に円融院と呼ばらるようになった。十二月に為平《ためひら》親王の一女の婉子《えんし》女王が女御になった。

同二年（九八六）

去年から続いて忯子女御の死のみをお歎きになる天皇を横から窺《うかが》っている者があった。その者は天皇に遜位《そんい》をさせ奉るのに最も巧妙な方法を選ぶことができた。天皇は昵近《じっきん》な一公子を従えて六月の夜密《ひそ》かに内裏を捨てて華山寺《かさんじ》へお入りになった。人生のはかなさを述べて朝夕に御出家《ごしゅっけ》の御意を促した公子は僧にならずして、詭計《きけい》を授けた父の家へ逃げ帰った。公子の父は外孫の皇太子を位に即《つ》け奉り、最も鍾愛《しょうあい》する外孫の一親王を太子にして自身は摂政となった。兼家はこの第一第三の望《のぞみ》を遂げるためよりももっぱら第二の立太子《りったいし》のことのために大事《だいじ》を行ったのである。彼は先帝の皇子の誕生を最も恐れた。愛女の忘れ形見の三親王は何にも替《かえ》がたいものであったに違いない。義懐《よしかね》と惟成《これしげ》は先帝に一日遅れてまた僧になった。七月に新帝の御母の詮子が皇太后《こうたいごう》に立てられた。華山法皇は播磨の書写山《しょしゃざん》へ御幸《ぎょこう》遊ばされた。そこに住む高僧《こうそう》の性空《しょうくう》を御訪問遊ばすためである。

永延《えいえん》元年（九八七）

二月に宋から僧の奝然が帰朝した。九月に醍醐《だいご》天皇の皇子兼明《かねあきら》親王が薨去せられた。これははじめに源氏の姓を賜って左大臣にまでなっていた人である。兼通が従弟《じゅうてい》の頼忠をはじめて大臣にする時この方を親王に復せしめたのである。この親王の博学多識は稀《まれ》にみるところであった。御異称を前中書王《ぜんちゅうしょおう》または御子左《みこさ》ともいう。十二月に東宮《とうぐう》が元服遊ばされた。兼家は末女の綏子《やすこ》を尚侍《しょうじ》にして東宮の後宮《こうきゅう》へ入れた。兼家の四男《しなん》の道長《みちなが》が左大臣雅信《まさのぶ》の一女倫子《りんし》と結婚した。雅信の末子《ばっし》の時叙《ときのぶ》が出家した。

同二年（九八八）

六月に諸国で強盗をしていた藤原保輔を左大将朝光の臣《しん》の忠信《ただのぶ》が捕《とら》えてきた。忠信はその賞として左馬寮《さまりょう》の馬医に補せられた。道長の長女の彰子《あきこ》が土御門《つちみかど》の左大臣邸で生れた。道長はまた故左大臣源高明《みなもとのたかあきら》の女《むすめ》の明子《あきこ》と恋をして第二の妻とした。

永祚《えいそ》元年（九八九）

正月に兼家の長子《ちょうし》の道隆《みちたか》が内大臣になった。三月に大和《やまと》の春日神社《かすがじんじゃ》へ行幸があった。六月に前関白太政大臣頼忠が薨去した。頼忠の一男公任《きんとう》の現職は権中納言《ごんちゅうなごん》である。八月に大風《たいふう》が吹いて内裏の門なども倒れた。為尊親王《ためたかしんのう》が元服遊ばされた。

正暦《しょうりゃく》元年（九九〇）

正月五日に天皇が御元服遊ばされた。摂政の兼家が二条の新邸で大饗《たいきょう》をした。二月に道隆の長女の定子が入内して女御になった。五月五日に兼家は病のために旧邸の東三条殿へ移った。そして太政大臣をも摂政をも辞して八日《ようか》に出家した。この日に道隆が摂政の宣旨《せんじ》を賜った。二条院が俄《にわか》に寺になって法興院《ほうこういん》と呼ばれるようになった。六月に女御の定子が后に立てられた。中宮大夫《ちゅうぐうたいふ》になったのは摂政の弟の道長である。七月に兼家入道《にゅうどう》が薨去した。上皇の御病気のために円融院へ行幸があった。

正暦二年（九九一）

二年に円融法皇が崩御遊ばされた。御遺骸《ごいがい》は紫野《むらさきの》で火葬になし奉った。七月に太皇太后《たいこう》の昌子《まさこ》内親王《ないしんのう》の宮が焼けた。九月に為光が太政大臣になった。左右の大臣は雅信、重信《しげのぶ》の兄弟である。内大臣に道兼《みちかね》がなって、道隆は摂政の専任になった。九月に皇太后が落飾を遊ばされた。天皇は御母后《ごぼこう》を準太上天皇《じゅんだじょう》に封《ほう》じて女院《にょいん》と申さしめ給《たま》うた。十二月に藤原済時《ふじわらなりとき》の一女の娍子《じゅうし》が東宮の後宮へ入った。華山法皇が熊野《くまの》からお帰りになった。道長の妻の倫子が頼通《よりみち》を生み、第二の妻の明子が頼宗《よりむね》を生んだ。清原元輔《きよはらもとすけ》の女《むすめ》の清少納言《せいしょうなごん》が中宮の侍女《じじょ》になった。

正暦三年（九九二）

六月太政大臣の為光が薨去した。この人の一男の誠信《さねのぶ》は東宮権大夫《ごんたいふ》で、次男の斉信《ただのぶ》は中将《ちゅうじょう》である。十一月に追討使の源忠良《みなもとただよし》が阿波国《あわのくに》の海賊を平《たい》らげた。華山法皇が寺を離れて外祖母《がいそぼ》の伊尹《これただ》の未亡人の家においでになることが漸《よう》く多くなった。道隆は法興院の中へ自家の御堂《みどう》を建てて積善寺《しゃくぜんじ》と名づけた。

正暦四年（九九三）

一月《いちげつ》に大江匡衡が文章博士《もんじょうはかせ》になった。大納言源重光《みなもとしげみつ》の家が焼けた。その家の婿《むこ》である藤原伊周《ふじわらこれちか》の二男の乳母《うば》がこの火事で焼死した。二月に敦道親王が元服して道隆の三女と結婚遊ばされた。道隆の二女が東宮の後宮へ入った。六月に故菅原道真《すがわらみちざね》が左大臣を贈られた。道隆が関白になった。七月に左大臣の雅信が薨去した。八月に疱瘡《ほうそう》が流行した。十月にまた故菅原道真がさらに太政大臣を贈られた。これらの贈官は道真の霊が祟《たたり》をなすという妖言《ようげん》によるのである。

正暦五年（九九四）

二月に内裏の後涼殿《こうりょうでん》、弘徽殿《こうきでん》、藤壺《ふじつぼ》の三殿《さんでん》が焼けた。四月に病人を路傍《ろぼう》に捨てることを官が禁じた。重信が左に転じて道兼が右大臣になった。そして二十一の青年である伊周が内大臣に任ぜられたのを見て、万人は耳を聳《そばだ》てた。公任が道兼の養女と結婚した。

長徳《ちょうとく》元年（九九五）

正月から疫痢《えきり》が流行して死者が多かった。二月に東三条女院が石山寺《いしやまでら》へ参詣を遊ばされた。三月に去年から病臥《びょうが》している道隆の病が重くなって、病中だけ子の伊周に関白の代理を命ぜられたいと天皇に歎願《たんがん》した。四月になって朝光、済時が流行病のためにまず故人となり、次いで道隆も薨《こう》じた。五月には関白を命ぜられて七日《なぬか》にしかならない道兼がまた薨じた。道隆の子の大納言道頼《みちより》もまた父の跡を追って卒した。道長が右大臣となり、準関白となった。右大臣と内大臣の伊周とはしばしば廟堂《びょうどう》で争った。両家の臣はよく街上《がいじょう》で罵詈《ばり》争闘《そうとう》した。拾遺和歌集《しゅういわかしゅう》が選ばれた。太皇大后宮《たいこうたいこうぐうの》 大進《たいしん》の大江雅致の娘の和泉式部が同じ宮の権大進《ごんたいしん》である橘道貞《たちばなみちさだ》と結婚した。敦道親王が第一夫人を離別された。

長徳二年（九九六）

正月に故忯子女御および斉信らの妹である四《し》の君《きみ》の家へ通っておいでになった華山法皇に、同じ家の三《さん》の君《きみ》の情人《じょうじん》である伊周が弟の隆家《たかいえ》に命じて威嚇《いかく》の矢を放たしめた。四月に太上《たじょう》天皇を射奉った罪その他によって伊周を太宰権帥《だざいのごんのそつ》に貶《へん》し、中納言隆家を出《いず》雲権守《ものごんのかみ》に貶する宣旨《せんじ》が下った。御兄弟の流罪《るざい》を悲しんで中宮定子が髪を切っておしまいになった。六月に中宮の御里第《ごりてい》が焼けた。七月に道長が左大臣になった。藤原顕光《ふじわらあきみつ》が右大臣になった。八月に大納言藤原公季《ふじわらきんすえ》の一女の義子《よしこ》が女御になった。十一月に顕光の一女元子《もとこ》が女御になった。十二月に中宮が修子内親王《しゅうしないしんのう》をお産みになった。敦道親王が故済時の二女と結婚遊ばされた。

長徳三年（九九七）

三月に伊周、隆家の罪が赦《ゆる》された。四月に伊周、隆家を召還することが朝議で決せられた。月末にはもう但馬《たじま》にいた隆家が帰京した。六月ごろに紫式部が父の任地の越前へ伴われていった。六月に高麗《こうらい》の国使が牒《ちょう》を齎《もたら》してきた。この使《つかい》は日本人らしいとの評判があった。宋の間牒《かんちょう》のような疑《うたがい》もあるために、高麗の国使へ返牒《へんちょう》は与えられなかった。京に近い越前へ多くの宋人の来ていることが政府を神経過敏ならしめてもいるのである。二十二日に中宮が職《しき》の御曹司《みぞうし》へお入りになった。同職員は中宮御出家のことを無実であると頻りに弁じていた。九月に高麗国が兵を出して九州《きゅうしゅう》の一部を犯した。和泉式部が小式部《こしきぶ》を生んだ。道貞の子にはなっているが、確かな父は解らぬという世評《せひょう》があった。

長徳四年（九九八）

三四月ごろに紫式部が越前から帰京した。七月に藤原佐理《ふじわらさり》が薨去した。

長保《ちょうほう》元年（九九九）

春のはじめに紫式部が右衛門権佐《うえもんのごんのすけ》宣孝と結婚した。六月に内裏が焼けた。八月に高麗の兵を撃退したことが太宰府《だざいふ》から上申された。十一月に中宮が第一の皇子敦康《あつやす》親王をお生みになった。道長の一女彰子が入内して女御になった。曹子《そうし》は藤壺《ふじつぼ》である。十二日に行《おこな》われた藤壺の宴席には宣孝が酒間《しゅかん》を斡旋《あっせん》していた。華山法皇がまた御微行《ごびこう》で熊《くま》野《の》へお出《い》でになろうとするのを、極寒《ごくかん》に向う折柄《おりから》であるからといって天皇が懇《ねんご》ろに止めておいでになった。十二月に、自分を凡人の作法で葬ってほしい、法事も忌服も無用である、自分のために公物《こうぶつ》を費《つい》やしてはならないという遺言《ゆいごん》を残して太皇太后がお崩《かく》れになった。藤原保昌《ふじわらやすまさ》の父である致忠《むねただ》が私闘《しとう》の罪によって佐渡《さど》へ流された。

長保二年（一〇〇〇）

二月に藤原彰子が后に立てられた。前のお后を皇后宮《こうごうぐう》と申し、新しいお后を中宮と申すのであった。三月に皇后宮が宮中から大進平　生昌《たいしんたいらのなりまさ》の家へ出ておいでになった。五月に興福寺《こうふくじ》の僧徒の示威的《じいてき》行動を禁じる令が出た。八月に故道兼の妾腹《しょうふく》の子の尊子《たかこ》が女御になった。十月に新内裏が竣成した。十二月に皇后宮が第二の皇女をお生みになってそのまま崩御遊ばされた。紫式部が大弐三位《だいにのさんみ》を生んだ。

長保三年（一〇〇一）

去年から続いて疫痢の流行がはなはだしい。四月二十三日に右衛門権佐宣孝が卒去した。十月に東三条女院の四十の御賀《おんが》を道長が土御門邸で行い奉った。十一月に内裏がまた焼けた。朝臣宮女《ちようしんきゆうじよ》の美服を禁ずる令が発布された。十二月に女院が崩御遊ばされた。

長保四年（一〇〇二）

紫式部が源氏物語に筆を着けはじめた。また清少納言も枕草紙の筆を執《と》りはじめた。六月に和泉式部の情人の為尊親王がお薨れになった。十月に右兵衛府《うひようえふ》が焼けた。道隆の二女である東宮の御息所《みやすどころ》が自邸で俄《にわ》かに薨去した。

長保五年（一〇〇三）

四月に敦道親王と和泉式部の間に恋愛関係が生じた。十月に皇后の造営が終った。枕草紙が完成した。和泉式部が敦道親王の侍妾《じしよう》となって南院《なんいん》へ入った。同親王の第二の夫人が南院を出て実家の小一条殿《こいちじようどの》へ帰った。

寛弘《かんこう》元年（一〇〇四）

故道隆の四女が天皇の御子《みこ》を懐妊したまま五月目《いつつき》に病歿した。四月の葵祭《あおいまつり》の日に華山法皇が異装《いそう》した僧俗の臣を従えて見物にお出でになった。敦道親王も和泉式部と同車して祭を御見物になった。十月に松尾《まつのお》神社および北野《きたの》神社等へ行幸があった。「源氏物語」が全部書き終えられた。

寛弘二年（一〇〇五）

一月に宣孝の先妻の子の隆光《たかみつ》が蔵人になった。五月に大弐《だいに》に赴任《ふにん》してゆく藤原高遠《ふじわらたかとお》の船が風波《ふうは》に逢《あ》って一行のなかに溺死者《できししゃ》を多く出した。九月に任地へ行っている伊予《いよの》守高階明順《かみたかしなあきなお》の留守宅から隣家の右大臣顕光《あきみつ》の家へ数千の石が投入された。顕光は怒《いか》って明順の宅を調べたがただ一人の男がいるだけであった。十一月に僧某《なにがし》の供をして宮中へ参っていた侍が抜刀して後涼殿へ駆《か》け上《あが》り、下仕《しもづかえ》の女を痴情《ちじょう》のために斬《き》った。十四日に第一皇子の就学《じゅがく》の御式《おんしき》が行われた。侍読《じどく》は文章博士大江匡衡と文章得業生《とくぎょうせい》藤原章輔《ふじわらのりすけ》である。十五日にまた内裏が焼亡した。火は温明殿《うんめいでん》から出たので、三種《さんしゅ》の神《しん》器《き》さえ取り出しえなかった。十七日に灰の中から焼損じた神器を掘り出した。東三条院が仮皇居になった。十二月九日《ここのか》に神鏡が霊異を示した。和泉式部が南院を出て藤原保昌に嫁した。

寛弘三年（一〇〇六）

三月に天皇が東三条院から一条院へお遷《うつ》りになった。十月に上皇の御座所の冷泉院が焼けた。十二月に皇居が竣成して天皇が中宮とともにお入りになった。紫式部が中宮の女房に聘《へい》せられた。和泉式部が良人の任地の丹後《たんご》へ行った。

寛弘四年（一〇〇七）

一月に修子内親王《しゅうしないしんのう》が一品《いっぽん》におなりになった。五月に道長が自邸で明法《めいほう》、算、文章の諸博士、得業生、学生らを招いて各《おのおの》の学の討論をさせた。孝経《こうきょう》の論で狂人のように対者を罵詈《ばり》した得業生善隆《よしたか》は退場させられた。六月ごろから紫式部が中宮へ「楽府《がふ》」を講じてお聞かせすることになった。八月に道長が大和《やまと》の金峰山《きんぷせん》へ参詣した。十月に敦《あつ》道親王が薨去された。十二月に法性寺《ほうしょうじ》の立堂供養があった。法性寺の地は加茂川《かもがわ》の左岸《がん》で、大和街道よりは西である。

寛弘五年（一〇〇八）

二月に華山法皇が崩御遊ばされた。五月に土御門邸で法華経《ほけきょう》の三十講《さんじゅうこう》が催された。九月に中宮が敦成親王《あつなりしんのう》をお生《う》みになった。

寛弘六年（一〇〇九）
四月に道長の長子《ちょうし》の頼通《よりみち》が具平親王《ともひらしんのう》の一女の隆子女王《たかこじょおう》と結婚した。六月に具平親王がお薨れになった。十月に一条院が炎上した。十一月に中宮が土御門殿で敦良《あつなが》親王をお生みになった。十二月に道長の二女の尚侍《ないしのかみ》の妍子《たおこ》が東宮の後宮へ入った。和泉式部が中宮の御用掛《ごようがかり》になった。

寛弘七年（一〇一〇）
儀同三司《ぎどうさんし》伊周が正月に薨去した。紫式部が日記の筆を擱《お》いた。紫式部の兄の惟規《のぶのり》が父の任地の越後へ行った。一条院が十一月に竣成した。為平親王がお薨れになった。

寛弘八年（一〇一一）
二月に左衛門督頼通《さえもんのかみよりみち》が春日《かすが》神社へ参詣した日、追随《ついずい》せずに残って宮中に奉仕《し》した四位《い》の官人は蔵人頭《くろうどのかみ》二人のほかに藤原資平《ふじわらすけひら》があるだけであった。天皇が六月に譲位《じょうい》を遊ばされ、御落飾のことに続いて崩御遊ばされた。新帝の皇太子は一条天皇の第二皇子の敦成親王である。十月に冷泉上皇が崩御遊ばされた。十二月天皇の御母《おんはは》藤原《ふじわら》超子が皇太后の位を贈られた。惟規が越後で卒した。

長和《ちょうわ》元年（一〇一二）

二月に尚侍の妍子を后に立てられた。四月に天皇の四皇子、二皇女の御母である娍《じゅう》子《し》の女御がまた后に立てられた。前のお后を中宮と申し、後を皇后宮と申した。娍子の立后宣下《りっこうせんげ》の日に召された高官のなかで参内《さんだい》した者は実資《さねすけ》、隆家《たかいえ》、懐平《かねひら》の三人と新后の弟の通任《みちとう》だけであった。他《た》は中宮の御父《おんちち》の道長に憚《はばか》って参らなかった。道長の子の教道《のりみち》が公任の一女と結婚した。五月に道長の子の右馬頭顕信《うまのかみあきのぶ》が家を出て叡山《えいざん》の無動寺《むどうじ》で剃髪《ていはつ》した。この右馬入道の授戒《じゅかい》の日に道長は叡山へ上《のぼ》ったが、檀那寺《だんなじ》の付近の山路《やまみち》で一行に石を投げる者があった。「殿下《でんか》の御登山《ごとうざん》じゃ」と人々は叫びながら進んだ。一行の前に顕《あら》われたのは裹頭《かとう》の法師五六人であった。「当方《こちら》は檀那寺じゃ、下馬所《げばしょ》じゃ、大臣公卿《くぎょう》は物の道理を知らないか」といってなお石を投げた。皇太后の法華経の八講《はっこう》の御仏事に諸方から捧《ささ》げた銀は二千八百両であった。七月に大江匡衡が卒去した。年は六十一であった。

長和二年（一〇一三）

二月の春日祭に御使《おんつかい》の弁の内侍が病に罹《かか》ったので女史が代って参向した。七月に中宮が禎子《ていし》内親王《ないしんのう》をお生みになった。皇子でなかったことを土御門邸の人々ははなはだ悦《よろこ》ばなかった。九月に土御門邸へ行幸があった。紫式部は病気がちで私邸に籠《こも》っている。

長和三年（一〇一四）

正月に天皇の御齲歯《おんむしば》を京極辺《きょうごくへん》の歯抜師《はぬきし》の老嫗《ろうおう》がお抜き申上げた。二月に内裏が焼けた。六月に右大将実資は自家の小児に服用せしめる二種の薬を宋の僧から十両で贖《あがな》った。道長が天変地異《てんぺんちい》を口実に天皇の譲位を促し奉ることが急であった。紫式部がこの冬に歿した。

長和四年（一〇一五）

九月に竣成した皇居がまた十一月に焼けた。皇后宮のお湯殿《ゆどの》から火が出たのである。紫式部の父の為時が園城寺《おんじょうじ》で剃髪出家した。

新訳紫式部日記

夏から初秋《はつあき》に移ったこの世界に最も趣の多いところがあった。それは土御門殿《つちみかどどの》である。池を中心として立ち繞《めぐ》っている大木《たいぼく》の梢《こずえ》にも、小流《こながれ》を挟んだ草原《くさはら》にも、いろいろの紅葉《もみじ》ができて、上にはすべての色を引き立てるような美くしい空があり、下には不《ふ》断経《だんぎょう》の声が響き、白金《はっきん》のような快い風に涼しい水の音が夜通し混《まじ》って聞えた。

中宮様《ちゅうぐうさま》もお近く奉仕する私達がしている夜話《よばなし》をいっしょにお聞きになって、御産期《ごさんき》に近いお身体の苦しさを然気《さりげ》なくしておいでになった。お美くしい御容貌《ごようぼう》や御様子をお賞《ほ》め称《たた》え申し上げては、解りきったことをいまさらいうようで可笑《おか》しいが、自分は人生の苦さを味《あじわ》っているものが、せめてもの慰めを得ようとするのには、このようなお方《かた》を主人にして宮仕をするのが一番宜《い》いということがいいたいのである。過去を悲《かな》しんで灰色になっている心も、お傍《そば》にいる間はまるで変っている。自分ながらそうとは信じられないほど変っている。

まだ夜明に間《ま》のある月光が鈍《にぶ》く射して木立の中などは暗い。

「お格子をお閉めさせしましょう。けれど下女官《しもじょかん》はまだ部屋にいるでしょうね」

といっている女達によって男役人の蔵人《くろうど》が呼ばれたりした。後夜《ごや》の鐘が高く鳴らされたのに続いて、五《いつ》つある祈禱《きとう》の壇《だん》の上から僧達がいっせいに祈りの声を発した。荘重な宗教的気分が漂って尊仏《そんぶつ》の情緒がいまさらながら心を支配した。東御殿《ひがしごてん》に席を構えた観音院《かんのんいん》の余慶僧正《よけいそうじょう》が二十人の伴僧《ばんそう》といっしょにこの時刻以後のお加持《かじ》の役をするために本殿へ来るのであった。その人々が細御殿《ほそごてん》の縁《えん》を踏む音の高さなども他《た》のいかなる場合にもない特種な音響のように聞かれた。法住寺《ほうじゅうじ》の院源座主《いんげんざす》は馬場御殿《ばばごてん》に、遍《へん》昭寺《じょうじ》の僧都《そうず》は図書御殿《としょごてん》に各《おのおの》休息所を与えられているのである。この僧達が入代《いりかわ》って下《さが》ってゆくのを見て、立派な、形の好《い》い唐風《とうふう》の屋根橋などを渡って庭の向うの別殿《べつでん》へ入る姿などを身に沁《し》む趣の一つとして自分は想像してみた。ここからはもとより見えない。清禅阿闍梨《せいぜんあざり》は大威徳明王《だいいとくみょうおう》の尊像の前で祈っていた。今日の昼間奉仕する侍女達が多く部屋から上《あが》ってきて夜《よ》も明けた。自分は東の細御殿の端《はし》の部屋へ帰ってきた。

朝景色の美しくしさに見入っていると、まだ薄霧《うすぎり》が降っていて、露も草原に充満《いっぱい》溜《たま》ったころであるのに、殿様が庭へ出てお出《い》でになった。殿様は随身の人に指図して小流の岸に濡《ぬ》れた木の葉の溜っているのなどを取り捨てさせておいでになった。階段《きざはし》の前に非常によく咲いた女郎花《おみなえし》のあるのを殿様は一枝《ひとえ》お折りになって上へお上《あが》りになった。殿様は自分の部屋へお出でになって、几帳《きちょう》の上から女郎花をお見せになった。美くし

い御風采に対して、昨夜《ゆうべ》のままで作らずにいる自分の顔が恥《はずか》しくて、

「即興を早く、早く」

とおいいになるのを機会《しお》に、硯《すずり》の置いてある方へ身体を片寄せた。

女郎花《をみなへし》さかりの色を見るからに露のわきける身こそ知らるれ

微笑してお点頭《うなず》きになった殿様は、返歌をして下さるために硯を出せとおいいになった。

白露《しらつゆ》はわきても置かじ女郎花こころからにや色の染むらん

しんみりとした夕方に自分が朋輩《ほうばい》の宰相《さいしょう》さんと二人で話をしている室《へや》の外へ、殿様の御子息の頼通三位《よりみちさんみ》さんが来ておいでになった。三位さんはお年の若い割合には非常に沈着《おちつ》いた態度で、御簾《みす》の端を少し撥《は》ねては話のなかへ意見を混ぜて下さるのであった。

「美くしい女はちょっと捜しても見つけられるでしょうがね、性格に欠点の少《すく》い人と

いうものはなかなかないものなんでしょうね」

などと静かな調子でいっておいでになるのを見て、人生の味がよく分らない方だなどとこの方を評しているもののあるのは間違《まちがい》だと自分は思った。敬意を払うことを相手に惜《おし》ませない方であると思った。あまり長くはおいでにならないで、「女郎花多かる野辺に宿りせば」と古歌を口誦《くちずさ》みながら立ってお行《ゆ》きになった時の様子などは、小説の作者に賞めて書かれた若い男のようであった。自分にはこうしたなんでもないことで今も忘れないことがあり、また非常に面白いと思ったことを、時間の経つのといっしょに忘れてゆくこともあるのであった。

碁の勝負に負けた播磨守《はりまのかみ》が勝者《かちて》の関白家《かんぱくけ》へ饗宴《きょうえん》をもってきた日の式場を、自分は客達がことごとく退散した後《あと》で見た。繊巧《せんこう》な飾り足の付けられた碁盤《ごばん》に、上は洲浜台《すはまだい》のようにして海辺の景色が作ってあった。水を見せた線の中へ蘆手《あしで》で、

紀《き》の国《くに》のしららの浜に拾ふてふこの石こそはいはほともなれ

と書いてあった。意匠を凝《こら》した扇を持つことが流行《はや》り出した時分のことである。

八月の二十日《はつか》過ぎからは高官もそれ以下の役人も平常《ふだん》からこの土御門殿へ出入して

いる人達はたいてい宿直をして帰らなかった。細御殿の通い橋や別殿の縁などでうたた寝をして夜を明《あか》すのである。その人達はいつもいろいろなことを思いついて遊んでいた。琴や笛の稽古《けいこ》の十分でない若い公達《きんだち》などは、そんな面倒なものよりはというように、読経《どきよう》の競争をしたり、七五調《しちごちよう》の長い歌の朗読などをするのであるが、こうした古典的な宮中などと違った所ではそれも面白く聞かれないではなかった。ある時はまた中宮大夫《だいふ》の斎信《ただのぶ》、経房左中将《つねふささちゆうじよう》、懐平左兵衛督《かねひらさひようえのかみ》、済政少将《なりまさしようしよう》などで管絃《かんげん》の合奏が行われることもあった。管絃会として本式の夜遊《やゆう》をすることは殿様がおさせにならなかった。中宮の侍女として籍《せき》をもっている者で家庭の事情などのために長い間よう勤めなかった人なども、お産のことをお気遣い申して我も我もと参るので、賑《にぎや》かに思われることばかりが多く、自分の周囲に少しの静閑《せいかん》をも見出《みいだ》すことができなかった。

二十六日には中宮様からかねて分配されてあった薫物《たきもの》の、それぞれ工夫して調合されたのがその侍女によって持ち出されて、御前《ごぜん》でそれを焚《た》く試みがあった。香《こう》はお手《て》許《もと》へお納めになった残りをまたそれらの女達へ分けてお与えになった。一所懸命《いっしようけんめい》に前日まで小《ちい》さい香の塊を作っていた女達が大勢集《おおぜいあつま》っていた。

お居間から下って自分の部屋へ行こうとする途中で、弁《べん》の宰相《さいしよう》さんの部屋をちょっと覗《のぞ》くと、その人は昼寝をしていた。紅紫《べにむらさき》、薄紫《うすむらさき》などを重ねて着た上に濃い《こい》紅の糊打《のりうち》物《もの》の上着を着ていた。顔を襟の中へ隠すようにして硯の蓋《ふた》を枕にしているのである。髪の掛かった額《ひたい》のあたりがいいようもなく美くしく艶《えん》である。絵に描いたお姫様というもののように思われるので、その口の上に載せた袖を引っぱって、

「小説に書いてある人のようね」

といったら、弁の宰相さんは自分を見上げて、

「妙な方《かた》ね、あなたは。寝ているものをびっくりおさせになるって」

といった。そして少し起き上ったその顔が心ほど赤味ばしっていたので、ますます自分は美くしいと思った。美人もまたその時と場合でいっそう美の添って見えることのあるものである。

九月の九日《ここのか》に菊の被《き》せ綿《わた》を兵衛《ひょうえ》さんが持ってきて、

「これはね、奥様がね、とくにあなたへ下さいましたの、十分に老《おい》というものをこれで拭《ふ》き取っておしまいなさいといえと仰《お》っしゃいました」

というのであった。

菊の露わくるばかりに袖濡れて花のあるじに千代は譲《ゆづ》らん

という歌を賜物《たまもの》のお礼にさし上げようとしているうちに、

「もう奥様は御自身のお居間の方へお帰りになりましたよ」

というものがあったので、わざわざ遠くからさし上げるほどの作ではないと思ってそのままにした。

この晩自分が御前へ出たころには月がもう上《あが》っていた。お付き申している小少将《こしょうしょう》、大納言《だいなごん》などという人の裳《も》の端が御簾から縁へ出るほど外へ近いところに宮様は出ておいでになった。火入《ひいれ》をお取り寄せになっていつかの香をお焚きになったりした。人々の口からは見渡される庭の景色の美しさが称《たた》えられ、蔦《つた》の紅葉はなぜまだよく染《そま》らないのであろうかというようなことがいわれたが、宮様の御様子は平生《へいぜい》よりもお悩ましいようにお見えになった。お加持の僧がそのために召されるのであったが、この座敷はいつも御加持僧の詰める所になっているので、自分達は宮様の御座《ぎょざ》をお移させ申した。そのうち部屋の方で自分を呼ぶ者があるというので御前を下った。自分はちょっと休息をするつもりで目を閉じたが、そのまま寝入ってしまった。夜中ごろから御《ご》産気《さんけ》が付いたという騒ぎが起ってきた。

十日の鶏明《けいめい》に中宮様のお居間へ御産所としての設備が加えられた。宮様はこれから白の御帳《みちょう》へお移りになるのであった。殿様をはじめ子息方や四位五位《しいごい》の官人が御帳の垂絹《たれぎぬ》を棹《さお》に掛けて廻《まわ》ったり、新しいお敷蒲団《しきぶとん》を持ち運んだりするのに、座敷の中を右《みぎ》左《ひだり》に走っているのが目ぐるましいようであった。この日は夜になるまでお横におなりになったり、お苦しさにまた坐《すわ》ってお見になったり遊ばすばかりで御出産をお喜び申すことができなかった。仮に人へ移して憑《つ》かせた物怪《もののけ》に御産室を去らしめようとして祈る声が高い。今までにここへ集められてあるのはもとより、今日になってまた隠れた寺や、深い山里などへ使《つかい》が出されて、効験《こうけん》をよく現わすという評判のあるものをことごとく網羅《もうら》し尽《つく》されたこの多勢《おおぜい》の僧達が誠意をもってする祈禱には、過去、現在、未来に亘《わた》る人間の運命を握っておいでになる仏も動かされずにはいられまいと思われた。陰陽師《おんみようじ》を職にしているものはまたここへあるだけが呼び集められているのであるから、それによって祈りを受けておいでになる八百万《やおよろず》の神は残らず真剣になって中宮様のお産をお助けになるであろうと思われた。あとからあとから各所の寺へ誦経《ずきよう》を命ぜられる使が立って十一日の朝になってしまった。宮様の御帳の東に当る座敷には宮中からお遣《つか》わしになった女官《じよかん》が多勢いた。西の方では一隻《いつせき》の屛風《びようぶ》をぐるりと立て、出入り口へ几帳《きちよう》を立てて一つ一つの部屋のようにした所に、それぞれ物怪の移った人を入れて、受持《うけもち》の僧が一人ずつ付いて一所懸命に目に見えない霊鬼《れいき》を負かして追い帰そうと罵《ののし》り散らしているのであった。南の室《へや》には僧正や僧都が重《かさな》って坐っていると見えるほど大勢《おおぜい》集って、生きた不動尊《ふどうそん》をも祈禱の声で呼び出せとなら呼び出してみせようという意気込《いきごみ》を現わして、仏に歎願《たんがん》したり、恨みを述べたりするのに声を嗄《から》しているのが尊《とうと》く思われた。北の室の襖子《ふすま》と御帳との間の狭い所に女達が侍《じ》していた。後で数えると、その人数《にんず》は四十幾人《しじゅういくにん》であった。自分達は身じろぎすることも容易ではないのである。そしてむやみに神経が興奮して何がなんであるやらまるで解らない。今になって実家から出てくる人などはかえって気が確《たしか》であるために席を得ることも楽にできるのであった。裳の裾や袖の遣《や》り場に困っていない人もない。宮様に最も古くからお付き申していた女達は御現状の不安さにどうしても泣かないではいられないような悲しい声を立てていた。

この十一日の朝に北側の襖子二間《にけん》を外《はず》してさらに向うの縁座敷へ宮様をお移し申し上げるのであった。これは予定のことでないのであるから、御帳の室に御簾を掛けることも間に合わないので、几帳を幾重《いくえ》にも重ねて御室《おんへや》をお囲いした。三人の僧が近い所でお加持をした。院源僧都は昨日《きのう》できた願文《がんもん》になおまた将来仏に対する太切《たいせつ》な供養の条件などを書き加えたものを読み上げているのであったが、自分はその字句の身に沁むのと、殿様が僧達に声を合せて仏の御名《みな》をお唱えになるのとが頼もしくて、自分達の希望は繋《つな》がれているのであるが、悲い方の感情ももとより烈《はげ》しくて、

「なぜこんなにお産がおむずかしいのでしょう」

などといいながら涙を流していた。

「こんなに人が多勢いてはいっそう宮様は御気分を悪く思召《おぼしめ》すだろうから」

と殿様がおいいになって、侍女達の多くを東南の室の方へお遣りになった。御帳の中でお付きしているのは殿様と奥様、讃岐《さぬき》と宰相と内蔵《くら》の命婦《みょうぶ》、仁和寺《にんなじ》の済信僧都《さいしんそうず》、三井寺《みいでら》の内供《ないぐ》さんと、これだけである。殿様が仏の御名をお唱えになる声にけおされて、僧の方はかえって何もしていないと思われるほどであった。お次の室《ま》に残っているのは大納言さん、小少将さん、宮の内侍《ないし》、中務《なかつかさ》さん、大輔《たいふ》の命婦、大式部《おおしきぶ》さん（これは殿様が関白におなりになった時の宣旨《せんじ》を取次いだ人）と自分との七人である。皆宮様とは長いお馴染《なじみ》をもった人達なので、御心配を申し上げて夢中になって歎《なげ》いているのももっともであると思われた。自分はお仕えしはじめてからの月日は僅《わずか》であるとはいえ、心の中では今までの経験のなかで現在の不安ほど大きい怖れを伴《ともな》ったものはないと感じて悲んでいるのである。自分達のいる後《うしろ》に立てた几帳の外には尚侍《ないしのかみ》のお乳母《めのと》の中将、三番目の姫様《ひいさん》のお乳母の少納言《しょうなごん》、末の姫様の小《こ》式部《しきぶ》の乳母などが参っていた。そこは細い通《かよ》い路《みち》になっているので往来《ゆきき》がそのためにも容易でない。人に押されて自然に伴《つ》れてゆかれるだけで、行き合う者は顔を見分ける間《ま》もない。子息方、兼《かね》隆《たか》宰相中将、雅通《まさみち》少将などの心安い人達はもとよりのこと、経房中将、斉信大夫などという平生《へいぜい》それほど近しくしない人々までが、どうかすると几帳の上から自分達の座を覗いた。泣き脹《は》らした目をした自分達は男に顔を見られて恥じることも忘れていた。頭の上には魔除《まよけ》の撒米《まきごめ》を雪のように浴びて、くしゃくしゃになった着物を着ていた自分達はどんなに見苦しいものであったであろうと、その時のことを思うと可笑しい。

宮様の前の頭のお髪《ぐし》を少しお切り申して、僧から戒《かい》をお受けさせすることを殿様がしておいでになる時、悲みに疲れた心はほとほと絶望の頼りなさに近い思いをするのであったが、若宮様はその刹那《せつな》にお生れになった。お後産《あとざん》の続いて起るまで、広い広い本殿いったいの南側の座敷から縁の欄干《らんかん》の傍までを埋《うず》めている僧俗が、力に満ちた祈りをいっせいに上げるのであった。東の座敷の方にいた侍女達の座はいつの間にか役人達と混って、若宮様の御誕生が報ぜられた時には、小中将さんは頼定《よりさだ》左中将さんと呆然《ぼうぜん》と顔を見合せていたということを後で近くにいる人が話して笑った。小中将さんは始終綺麗《きれい》に化粧している人で、この日も夜明に顔を作って出てきていたのであるが、目は泣き脹らし、涙で白粉《おしろい》が斑《まだら》になっていて、平常《ふだん》の小中将さんとは少しも見えなかった。まして自分などは人から見てどんなに変妙《へんみょう》な顔になっていたであろう。しかしその時その場合ばかりは誰《たれ》も目に物が映っているだけで、心に感じがなくなっていたのは仕合せなことである。もう自分達が猛威《もうい》を逞《たくま》しくする時間は僅《げん》になったというように、物怪は皆自暴《やけ》な勢《いきおい》を見せて叫んでいた。物怪の移してある監の蔵人には心誉《しんよ》阿闍梨《あざり》、兵衛の蔵人には曽素《そうそ》という僧、右近《うこん》の蔵人には法住寺《ほうじゆうじ》の律師《りつし》という風《ふう》に受持ち受持ちを決めて、僧達は悪霊退散につとめていた。宮の内侍を預っていた智証《ちそう》阿闍梨《あざり》は物怪に引き倒されたりなどしているので、新たに念覚《ねんがく》阿闍梨が補助に入って二人で悪霊を叱っていた。これは智証阿闍梨が凡僧なのではない、物怪が猛烈であるからである。宰相さんには恵光《えいこう》が掛《かか》りになっていたが、一晩中大声を出して物怪に向ったために、終《しま》いには声をすっかり嗄《か》らしていた。物怪を移すために選んで伴れてきた者にも、予定どおりにゆかないのがあるために、僧達の方では骨折損のから騒ぎに終った者も多い。

この日の朝日は昼の十二時に上《のぼ》った気がした。お後産をお済ませになった中宮様もまた若宮様も御無事であらせられることが解り、しかも皇子《おうじ》であらせられることを承ることのできた嬉《うれ》しさはなにものにも譬《たと》えがたいものであった。昨日一日を陰鬱《いんうつ》な気分で過《すぐ》し、今朝は涙におぼれていた侍女達はほっとしたようにそれぞれの部屋へ下って休息した。宮様のお傍には年の行った、こんな時の御介抱《ごかいほう》などにきわめて適当らしく見える女達ばかりがお付き申していた。

殿様も奥様も御自身方のお居間の方へおいでになって、これまで幾十日か御祈禱や読経のためにこの土御門殿へ詰めていた僧達、または昨日から今日へかけて俄《にわか》にお呼び寄せになった僧達に、それぞれの布施を出す指図をなすったり、医師、陰陽師としてお産に力をお尽し申し上げた人々への贈物をなすったりした。今ごろ宮中では皇子御降誕《ごこうたん》について、御用の掛員《かかりいん》達が人選されていることであろうと思われた。侍女達の部屋部屋へは実家の使らしい者によって大きな包《つつみ》や袋の持ち込まれることが頻繁《ひんぱん》であった。唐衣《からぎぬ》や刺繡《ぬい》を置かせた裳、それから刺繡やはめこみ細工《ざいく》をうるさいほどさせた裙帯《くんたい》などを、人の見ぬように隠しながら、

「扇《おうぎ》がまだ来ない」

こんなことを皆いって、そしてお化粧に念を入れていた。

自分の部屋から本殿を見ると、妻戸《つまど》の前には斎信中宮大夫、懐平東宮大夫その他の高官が集《あつま》っていた。殿様も縁へ出ておいでになって、幾日か掃除に手の届かなかった庭の小流を綺麗にする指図などを侍にしておいでになった。誰《たれ》も誰も嬉しそうであった。心のうちに苦痛があっても、この大きな喜びの前ではそれを思ってはならないということを誰も知っているらしく人々の顔が眺められる。なかにも斎信大夫は何も特別にはしゃいではいるのでないが、他に勝って嬉しい色が眉宇《びう》の間に窺《うかが》われるのはさ

もあるべきことである。兼隆中将は俊賢《としかた》中納言と東御殿の縁で戯《たわむ》れていた。

若宮へ御剣《ぎょけん》をお遣《つかわ》しになる陛下《へいか》の御使《みつかい》が来た。頼定頭中将《とうのちゅうじょう》である。今日は伊勢《いせ》の神宮《しんぐう》へ参向《さんこう》した奉幣使《ほうへいし》が宮中へ帰着する日であったので、御剣の使をして御産殿《ごさんでん》の穢《けが》れに触れた中将は昇殿《しょうでん》ができない。それで庭上《ていじょう》から御母子《おんぼし》の宮の御無事な御有様《おんありさま》を奏《そう》上《じょう》した。御下賜《ごかし》の品《しな》も庭上で下された。これは人から聞いたことを書いておくのである。

若宮の御臍《おんほぞ》の緒《お》をお断ちする役は奥様がなされた。お乳付《ちつけ》は橘三位《たちばなさんみ》がした。お乳母はもとからお仕えする侍女のなかから選べば気心が知れて使いよいという思召で人選がされた。大左衛門《おおざえもん》、備中守宗時《びっちゅうのかみむねとき》の女《むすめ》の蔵人の弁、この二人をまずその人とお決めになった。六時にお初湯《うぶゆ》がはじまるそうである。灯《ひ》点《とも》しごろに中宮職に付属した下部《しもべ》が緑色の服の上に白い袍《ほう》を着てお湯を舁《かつ》いで参った。その桶《おけ》の据《す》えられてある台などには皆白い蔽《おおい》がしてあった。尾張守近光《おわりのかみちかみつ》と中宮職の侍長《さむらいちょう》の仲信《なかのぶ》が来てそれをお湯殿《ゆどの》の御簾際まで運んだ。そこにはもとから二つの置棚《おきだな》が据えられてあった。清子《きよこ》の命婦と播磨とが湯に水を交《ま》ぜて加減をした。侍女の大木工《おおもく》と右馬《うま》がそれを十六の甕《かめ》へ汲《く》み分けた。羅《うすもの》の上着にかとり絹の裳と唐衣を付けて釵子《さいし》が挿《さ》され、白元結《しろもとゆい》で髪が結い上げられてあった。その頭《かしら》つきがことにいい感じであった。湯に入れ奉るのは宰相さんの役であった。大納言さんは助手である。この二人が腰に一枚の単衣《ひとえ》を巻いた姿は珍しくて面白い形であった。若宮様は殿様に抱かれてお出になった。御剣の役は小少将さんで、宮の内侍は虎頭《とらがしら》を持って前行《ぜんこう》を勤めるのであった。この人は松実《まつかさ》の模様の唐衣に、大波の染模様と同じようにした織込模様の裳を着けていた。裙帯《くんたい》は羅に唐草《からくさ》の刺繍をしたものである。小少将さんの裙帯は秋草の間々《あいだあいだ》に蝶《ちょう》や鳥を銀で入れたものである。唐衣は制を破ることができないために、せめて裙帯だけに凝ったことが行れるのであろう。お二人の子息と奥様の甥《おい》の雅通少将とが魔除けの撒米を面白がって投げておいでになった。誰よりも高く撒こうと競っておいでになるのである。遍昭寺の僧都は護身僧《ごしんそう》として侍しているのであったが、頭や目に米の散ってくるのを迷惑がって、扇を拡《ひろ》げてさし上げているのを若い公達が笑った。文章博士《もんじょうはかせ》の広業《ひろなり》が縁側の高欄《こうらん》の傍に立って史記《しき》の第一巻を読んでいた。魔障《ましょう》を威嚇するために弓の弦打《つるうち》を勤める役人は二十人であった。そのなかの十人は五位で、十人は六位である。二列に並んで庭に立っていた。

夜中の御入湯《ごにゅうとう》の時に行れた儀式も前のとおりである。ただ文章博士だけが別の人であった。伊勢守致時博士《いせのかみむねときはかせ》の用いたのは古例どおりの孝経《こうきょう》であったらしい。もう一人の大江挙周博士《おおえのたかちかはかせ》は史記の文帝《ぶんてい》の巻《まき》を読んだらしい。

七日《なぬか》の間はお座敷のうちが産養《うぶやしない》をする主催者の手でそのたびごとに装飾変えをされたが、色彩としては白以外に何も使用されないので、そこに白い装束でいる侍女達を眺めていると、全体が墨絵のようで、黒い髪だけを上から付けたもののように思われるのであった。常でさえも人に見られることを恥かしく思う自分にはただただ晴れがましくて、あらばかりを見られる気のするために、昼間はあまり御前へ参らないでいた。それで閑暇《ひま》なために東御殿で部屋をもっている人達の御前へ上ってゆく姿などを眺めて楽《たのし》んでいた。禁制の服を用いることが許されてある人々は襦珍機《しゅちんばた》ものの唐衣、それと同じ地質《じしつ》の小袿《こうちぎ》などを着ているので、どの人もどの人も荘重なところが同じように見えるだけで、個人個人の好みなどははっきりと見分けられない。まだ禁制の服の許されない人々でも中年の女《おんな》になると、見る者の方に厭《いや》な気を起させるような馬鹿馬鹿しい衣裳《いしょう》ごのみをした跡が見えない。ただきわめて好《い》い三重機《さんじゅうばた》、五重機《ごじゅうばた》の織物の袿を着て、唐衣は制どおりの平絹を使い、下の重ねに綾《あや》や羅を用いた人もある。こんな人達は扇なども外見を質素に作った立派な物を持っていた。譬《たと》えば皇子御降誕にふさわしい史記の文章などを書家に書かせてあるのである。この史記の句の書かれた扇をいい合せたように持つ人の多いのを見て、同じ年ごろの人には共通の趣味《しゅみ》があって、自発的に皆それが表現されたのであろうと自分は面白く思った。これによって、また人に劣るまいとする心は誰にもあるものであるということも思われるのであった。裳や唐衣に刺繍をすることは珍しいことでもなくなったが、袖口へも金糸や銀糸を置き、裳の縫目に銀糸を飾りしつけのように置いたり、金銀の薄《はく》を綾の置模様《おきもよう》にしたりしたのを若い侍女達は皆用いていた。また雪の降り積った山に上《のぼ》った月のようにきらきらしく見えるものは華奢《きやしゃ》を尽したその人々の扇であった。

三日目の夜は大夫以下の中宮職の諸員から産養《うぶやしない》が奉られた。斎信大夫は中宮様の御《ぎょ》膳《ぜん》を受持って調進《ちょうしん》したのである。沈《じん》の木の二重膳や銀の皿が器具として使われてあったらしい。くわしくは知らない。俊賢、実成《さねしげ》の亮《すけ》、権亮《ごんのすけ》は大宮のお召物《めしもの》、若宮のお召物と分担して衣櫃《ころもびつ》、中包《なかづつみ》の切れ、上の覆いの切れ、台の机と白づくめの物ではあるが各《おのおの》の個性を見せた美事《みごと》な品を奉った。済政大進《たかまさたいしん》はまた宴席についてのいっさいを引受けていたらしい。東御殿の西表《にしおもて》の縁座敷が来賓《らいひん》の高官の席で、北を上《かみ》にして、二列に並べられたのであった。同じ御殿の南座敷の並役人の席は西が上席になっていた。白綾張《しらあやばり》の屏風を中央の室《しつ》の御簾の廻りへ外向きに立て並べてあった。

五日目の夜《よ》には殿様のお産養があった。ちょうど満月の明るい夜であったが、池に近い処の木立の中などには篝《かがり》が焚かれた。庭のあちこちに弁当を分けて与えられる所ができ、数多い小役人がそれに舌鼓を打ちながらお饒舌《しゃべり》をしている声も、今夜の趣をつくる一つであるように聞かれた。庭を監督している侍達が始終不都合のないようにと気配りをしてそこらを歩いているのも夜のことと思われないで、昼間の光景のようである。山の横とか木の蔭とかにいくつもいくつも大きな石の塊を拵《こしら》えたように高官達の随身とか供侍《ともざむらい》とかが嬉々《きき》として語っていることも、今度のような喜びは自分らの積年の希望が実現されたにほかならないのであるというようなことらしく思われた。ましてのの人々では、誰それと人から認められてもいないような五位ぐらいの者さえも、腰を低く会釈して忙しそうに邸内をあちこちと駆け廻りながら、理想にしていた日が俄に到来したという得意さを見せているのであった。

中宮様に供えられるために、侍女八人が白い装束に、白元結で髪を結い上げて、白い高膳《たかぜん》を手に手に持って出た。今夜の御前まかないは宮の内侍である。勝《すぐ》れて好い姿をもったこの人は髪を結っていっそう見映《みばえ》のするようになった。扇に隠し余された横顔が非常に美くしい。礼装した八人の侍女の名は、

源式部《げんしきぶ》、小左衛門《こざえもん》、小兵衛《こひょうえ》、大輔、大右馬《おおうま》、小右馬《こうま》、小兵部《こひょうぶ》、小木工《こもく》。

等である。皆若くて容貌《きりょう》の好い人ばかりであった。向い合って坐った時にまことに好い感じがした。平生はお給仕をする人が順番で、変る変る髪を結って勤めるのであるが、こんな折からであるために、八人を美貌《びぼう》本位でお採りになったのを、選に洩《も》れ

た人などが口惜《くや》しく悲しいといって泣いて妬《ねた》んだことを自分は知っていた。またお居間の東に並んだ座敷二室《ふたま》に三十人あまりいた侍女達の身姿《みなり》は人目を引くものであった。二度目の御膳は采女《うねめ》らがさし上げた。お居間の戸口の方で、若宮の御湯殿に使われる室《ま》との隔てに置いた屏風の前へ南向きに白の置棚が据えられ、その上へお肴類《さかなるい》が皆並べられてあった。

夜が更けるにしたがって月はますます冴《さ》えていった。采女、典水《てんすい》、御髪結《みぐしゆい》、典掃《てんそう》、それから役目のちょっと見分けがたい女官、たぶん典闈《てんい》といわれる人達であろう。これらの人々は顔の化粧を粗末にして、たくさんの簪《かんざし》を公式の礼装をそれで現したように挿して、東の細御殿から正殿の通い口へかけて充満《いっぱい》に並んでいるので、侍女達は用があっても自分の部屋へ行くこともできないのである。

宮様のお食事が済んだので、侍女達はお居間の御簾の外へ出て並んだ。火影《ほかげ》できらきらしくその人達の見渡されるなかにも、大式部さんの裳と唐衣に小塩山《おしおやま》の小松原の刺繍の置かれたのが面白く思われた。大式部は陸奥守《むつのかみ》の妻で殿様の宣旨の役を勤めた人である。大輔の命婦は唐衣へは何の技巧も用いずに、裳に銀の泥《でい》で鮮かに波の模様を置いてあるのが、人目を引くことの少《すくな》いだけにおとなしい良《い》い好みであると思われた。弁の内侍の裳の銀の磯模様の上に、細工物で鶴を置いたのが珍しく見られた。唐衣の刺繍に松の枝を使ってあるのにもこの人の好みの平凡でないことが思われた。上《かみ》に書いた人々に比べて劣る少将さんの銀の薄の置かれた装束を女達は目引き袖引きして譏《そし》った。少将さんというのは信濃守祐光《しなののかみすけみつ》の妹で、奥様に長くお使われした人である。この晩の御前の有様は誰にも見せておきたいような気のするものであった。それで夜詰《よづめ》の僧の席に囲った屏風をそっと開けて、外を覗かせて、

「人間世界ではこのうえ美くしいものはないでしょう」

と自分がいうと、僧達は口々に

「ああ御結構なこと、御結構なこと」

といって、本尊のおいでにならない方であるのに手を擦《す》り合せて喜んだ。来賓の高官達は皆東御殿の席から立って細御殿の縁へ来ていた。殿様もその人々といっしょに双六《すごろく》を打って興じておいでになった。そして誰も賭物《かけもの》の紙を子供らしく争った。歌もその人々の間に詠《よ》まれた。侍女達のなかへ杯《さかずき》の廻った時、自分達もお祝いの意をどう現わして述べようかと工夫した。

珍しき光さしそふ杯はもちながらこそ千代もめぐらめ

聴かれる人が公任《きんとう》大納言であったので、歌はもとよりのこと、声の出しようなども無難《ぶなん》に仕《し》おおせるとは思えない。あなたがその役をしてほしいと各《めいめい》が責任を譲り合って争っていたが、大納言はほかに心を取られることの多かったために、歌を詠めという特別な条件付きの杯を私達のなかへささないでしまった。高官達への贈物は女の唐衣と裳になおまた宮様のお召、若宮様のお召が添えられたようであった。四位《しい》の役人には袷《あわせ》が一襲《ひとかさ》ね、六位には袴《はかま》であった。

その次の日はまた月が佳《よ》くて、いかにも秋の末らしい心もちの味《あじわ》われる夜であった。若い侍女達は船に乗って池で遊んだ。思い思いの服装をしている時よりも、同じ白に揃ったのは、姿にも髪にも人々の特質を多く見せるものであるとみられた。小大夫、源式部、宮城《みやぎ》の侍従《じじゅう》、五節《ごせつ》の弁《べん》、右近《うこん》、小兵衛、小衛門《こえもん》、右馬《うま》、やすらい、伊勢人《いせびと》などで、この女達が縁近《ぢか》い所へ出ていたのを、経房、左中将と若様の教通《のりみち》さんが勧めて伴《つ》れ出したのである。兼隆右中将が棹取役《さおとりやく》をしていた。厭がって後へ残った女達も羨《うらや》まないではいられないであろうという風《ふう》に公達は御殿の方を見ているのであった。白々とした庭に月の光を露《あら》わに浴びた若い女の姿の置かれたのが面白いと自分は思った。

北の御門へ車が幾台も着いたという者のあったのは、宮中から高等女官達の参ったことであった。藤三位《とうさんみ》が長上《ちょうじょう》で、侍従の命婦、藤《とう》少将の命婦、右馬の命婦、左近《さこん》の命婦、筑前《ちくぜん》の命婦、近江《おうみ》の命婦と、これだけであるということであったが、自分には馴染のない女官達であるから名に間違いがあるかもしれない。船にいた人達は周章《あわて》て上ってきた。殿様は伺候《しこう》した女官達の相手をしておいでになったが、いかにも愉快そうに、気軽く口をきいておいでになった。

七日目には朝廷からお産養があるのであった。女官達はいろいろな贈物を頂いて帰った。道雅少将が勅使《ちょくし》で、御下賜《ごかし》の品のいろいろを書かれた目録を入れた柳筥《やなぎばこ》などを持って参った。中宮様はほどなくお返しの手紙をお渡しになった。藤氏の大学である勧学院《かんがくいん》の学生が並んでお庭へ来た。これは五日目にもあったことであるが、今夜もまた皇子に見参の詞《ことば》というものを読み上げた。御《ご》挨拶《あいさつ》が下されてから御下賜品を頂いて学生達は帰った。今夜のことは公式として行われたのであるから万事に厳《いかめ》しさが添っていた。

自分がお居間の御帳の中を覗くと、この大仕懸《おおじかけ》な儀式で未来の帝王の御母《おんはは》とならせられたことを祝われておいでになる尊厳な方がこれであるとは思われない中宮様がおいでになった。お産の時の御苦痛のために少しお顔が痩せて、横になっておいでになる御様子は、常よりもお若々しく、お小《ちい》さく優しいという感じが多いように思われた。燈籠《とうろう》の小いのが懸けられてあるので中が明るいのである。中宮様のお肌の色のお美くしさはどこまでお白いのであろうと思われた。豊かにおありになるお髪《ぐし》は、仮に束《つか》ねるといっそうお豊かにお見えになるものであると、こんなことも自分には思われた。美くしい人を写すために中宮様をお引き合にお出しすることは申し訳のないことであるから、もう書きません。

今夜もすべてお五日目どおりのことが行われた。今日は人々への贈物がお居間の御簾から出された。高官達にはまた唐衣と裳に宮様のお召の添えられたものであった。宮中から並役人の方は二人の頭《とう》の中将が出たあとに続いて皆が頂き物を取りにきた。御下賜品として参ってあったのは男子用の袿、薄蒲団、細巻の絹などであった。いずれ古例《これい》のあって遊ばされたことなのであろう。若宮のお乳付《ちつけ》を勤めた橘三位へのお贈物は古例どおりの女装束であったが、厚織物の細長が添えられ、銀の衣箱《ころもばこ》に入れられてあった。それを包んだ切地《きれじ》はやはり白であったであろう。ほかにもまだ包みにした御下賜品があったと人はいっていた。自分はくわしいことを知らない。

八日《ようか》目から侍女達は白を脱いで常の色の服装をした。

九日目の夜は頼通東宮権大夫が産養を奉った。献上の品々は白い一つの置棚に並べられてあった。この日の儀式はあくまで華やかであった。銀の衣箱に波や蓬莱《ほうらい》の島の彫《きざ》まれてあったりすることは、こんな御慶事《ごけいじ》に人のしないことではないが、製作の巧妙と美くしさとはほかで見ることのできないものであった。それが今目前に置かれてないために細かな記述をすることのできないというのは遺憾《いかん》である。今夜はお七夜《しちや》までと違い、朽木形《くちきがた》の普通の色の几帳が掛けられて、侍女達が紅の濃い色の糊打ものの上着を着ていたのは珍しくて好い感じがした。その上に羅の唐衣を着て揃って並んでいたために女達の容姿《かたち》もまた際立《きわだ》って綺麗に見えるのであった。小馬《こま》さんという人が失策をしたのはこの晩のことである。

十月の十日過ぎまでも中宮様は御帳の中にばかりおいでになった。自分は西の方に当る近い所に夜も昼も侍していた。殿様は夜中でも、まだ暗い夜明にでも若宮様のことをお思いになると、じっとそのお居間にしておいでになれないのであった。そうして乳母の処《ところ》にお寝《やす》みになる若宮様を不意に覗きにおいでになるので、よく寝入ったりしている時に乳母の狼狽《ろうばい》することのあるのも可笑しかった。殿様がまだ何もお解りにならない若宮様を、自身の顔の前へお抱き上げになって一人で嬉しがっておいでになるのを拝見すると、御もっともなことである、自然なことであると自分などは感じられるのであった。また時には殿様の召物を若宮様がお汚しになるようなこともあるのを、そんな時に殿様はすぐに上着を脱いで、几帳の後《うしろ》で火に乾《かわか》したりなさるのであった。

「ほんとうにこの若宮様のおしっこで濡れるのは嬉しいことだ。こうして濡れたのを焙《あぶ》っていると自分の願いのかなったことが思われるよ」

などと悦《よろこ》んでおいでになった。中務卿具平《なかつかさきようともひら》親王と殿様が親密になされたり、殿様が親王様のおためによくお尽しになったりなされることは、こうした若宮様の擁護者《ようごしゃ》になるに適当な方とお思いになるところがかねてあったのであろう。御外祖父《おんがいそふ》としての愛情の大きさが事に触れて見られるごとに自分はそう思うのであった。

行幸《ぎょうこう》が近づくといって御殿廻り、庭廻りに手入れを多くしていた。たくさんの佳《い》い菊の株が他《た》から移された。白菊の盛りが過ぎて、薄紅や、薄紫がかったのや、黄の勝れた菊のさまざま混ぜて植えられたのが、朝霧を通して見える時の美くしさは、伝説どおりにこの花のために老が忘れられるであろうと思われるほどである。まして自分の憂悶《ゆうもん》が人並のものであったなら、この家の中に混っているということだけで容易に慰められて、浮々《うきうき》と若やいで暮せるであろうと思われるのである。立派なこと、好いことやいことを見聞きしても、忘れえない悲哀に引かれる心の方が強いために、面白いことにも心底からそうと感じることのできないのが自分としては苦しいことに思っている。もう忘れよう、思っても思っても仕方のないことではないか、これも煩《ぼん》悩《のう》の変形であるから、来世に罪を受けなければならないことにもなるではないかと、夜通し思い詰めた時の夜明には諦《あきら》める心になって、水鳥《みずどり》などが楽しそうに池で遊び合っているのを眺めたりもした。

水鳥を水の上とやよそに見んわれも浮きたる世を過《すぐ》しつつ

あの鳥もあんなに面白そうにしているとは見えても、彼自身は苦しいのかもしれないと、自分に比べて思われるのであった。小少将さんから手紙を貰《もら》った返事を書いているうちに時雨《しぐれ》がさっと降り出したので、使が早く帰りたいと急いだために、

空模様も変って来ました。これから雲も泣こうとするように。

と終りの筆を匆々《そうそう》に留《と》めて、自分はよく記憶しないが歌を書いたのであろう。暗くなってからさらにまた自分への返し歌が小少将さんから送られた。字もよく見えないほどに濃い紫の紙に書かれたのであった。

雲間《くもま》なく眺むる空もかきくらしいかにしのぶる時雨なるらん

自分はどんな歌を最初に書いたのか、よく思い出せないのをそのままにして

ことわりの時雨の空は雲間あれど眺むる袖ぞ乾く間も無き

と書いてやった。

新造《しんぞう》された船がいずれも行幸の日の早天《そうてん》に池へ浮《うか》べられ、中宮様の御殿の前へ漕《こ》ぎ集《あつま》った。龍頭鷁首《りゅうとうげきしゅ》を形《かた》どった船は、それらの生物《いきもの》もこれに遠くないものに違いないと思われるほど鮮やかに美事な出来ばえであった。行幸は午前八時であるといって、侍女達はまだ暗いうちから化粧に骨を折っていた。高官達の席が西御殿に決められてあったために、中宮様付きの人々はいつもほど身を飾り立てるのに浮身《うきみ》をやつしはしない、かえって西御殿においでになる尚侍付きの侍女達が衣裳などを非常に苦心して、今日を晴れと思っているということであった。夜明に自分のところへ少将さんが来たのでいっしょに髪を梳《す》いたりなどした。八時ということであっても、こんなことは遅れるものであるからと、自分は例の鈍《のろ》い心で思って、これまである扇があまり廉《やす》っぽ

いので、人に新調を頼んでおいたのがもう持ってこられるはずであると待っているうちに、鼓が鳴り出したので急いで御前へ参った。

鳳輦《ほうれん》を迎え奉る水上楽《すいじょうがく》が非常に好《い》い。着御《ちゃくぎょ》遊ばされたのを見ると、駕《が》輿丁《よちょう》は下《げ》賤《せん》な者ながらも階段《きざはし》の上に昇っていて、そしてもったいなさそうに、身の置きどころがないといった様子でひれ伏していた。自分はそれを人事《ひとごと》とは思えなかった。立派な人々のなかに交《まじ》っていても、生れながらに尊卑《そんぴ》の分際《ぶんざい》の定められた人間というものは、やはりなにごとについても、自身の低い身分であることが原因《もと》になって苦労の尽きないことは自分も同じであると思うのである。

玉座《ぎょくざ》は中宮様の御帳の室《ま》の西隣りにしつらわれてあった。そこの南へ続いた室《ま》の二つある東の方にお椅子の用意がしてあった。それから一室《ひとま》隔てた東の室の北南《きたみなみ》にずっと御簾を掛けて侍女達がいた。そこの南の端の柱の傍から御簾を撥ねて二人の内侍が出た。礼装をしたその人達は美くしい支那絵《しなえ》の中の女であった。左衛門の内侍は御剣を奉持《ほうじ》する役である。青色の無紋の唐衣に紫に裾をぼかした裳を着けて、領布《ひれ》と裙帯とには白の浮織綾《うきおりあや》の真中を樺色《かばいろ》に染めたのを使っていた。上衣《うわぎ》は菊の色目の五重機《ごじゅうばた》の織物で、重ねた練絹《ねりぎぬ》は紅である。もとからの形も、作っている姿勢も、扇から見える横顔も皆美くしく華やかに思われた。弁の内侍は神器《しんき》の御箱を捧持《ほうじ》する役であった。

紅を下に重ねた上に紅紫の厚織物の袿《うちぎ》を着ているのであるが、上の唐衣と裳は左衛門の内侍と同じ物である。小柄な美人型の人であるが、恥しさに堪《た》えられないように身体をこめているのが気の毒に思われた。扇をはじめとして身に付けた物はすべて凝りに凝ったものであると見られた。領布は白の真中を薄青にしたものである。昔下界へ来たという天《あま》つ少女《おとめ》の姿もこの二人のようなものであろうとさえ思われた。近衛府の将官が佳《い》い形の正装でいろいろの儀礼を行ったのが快かった。そして頼定頭中将が御剣を左衛門の内侍へ渡した。

御簾の中の自分の周囲を見ると、禁制の物を許されている女達は例の青色赤色の紋《もん》織《おり》の唐衣に白抜模様の裳を着けていた。上衣は皆臙脂色《えんじいろ》の厚織物であった。右馬の中将さんだけは紅紫を用いていた。下に襲《かさ》ねた糊打絹《のりうちぎぬ》は紅紫の色を一人一人の好みで濃くも薄くもしたのであった。中襲ねは普通に人のする取り合せの黄の濃淡の襲ね、紫《し》苑《おん》の色目、裏に青を使った方の菊の色目などで、なかには三重機の厚織物を用いたのもあった。禁制の物の用いられない女のなかで、例のけばけばしいことをしない中年の人達は無紋の青色、もしくは五重機の臙脂色の唐衣を着ていた。重ねにはたいてい綾織を使ってあった。大海《おおうみ》模様の裳の水色が華やかで快い。裙帯や領布はおおかた堅《かた》紋織《もんおり》である。袿は菊の色目であった。若い人達には菊の色目の五重機の唐衣が用いられてあるが、それにも各自が及ぶだけの数奇《すき》を尽してあるのであった。重ねには白と青の上に臙脂色が使われてあって、下の単衣を青にしたのもあった。上は臙脂色で次々に濃《こ》いのを下に襲ねた中に白が一枚混ぜられてあるのもあった。すべて意匠の佳《い》いのが気の利いた人に見えた。なんといって好《い》いか解らぬほど大層な技巧を施した扇を持った人もある。平生こそ混って並んだ美くしい人とそうでない人との区別ははっきりと解るが、皆が皆精いっぱいにお化粧《つくり》をしていてはただ極彩色《ごくさいしき》の絵のようで、年の行った人も、行かぬ人も、髪の少し減ったのと、多い盛りに思われるのとを後から見るだけで見当を付けねばならない。それもただ自分の座から後が見える人だけより解らない。また正面の方から見る時に扇の上から出た額は不思議なほど容貌を品よくも卑しくもみせるものであるということだけが解る。こんな時に美人であるという印象を与える人がそれこそ類のない美人であろう。

女官で中宮様付きを兼ねている五人はやはり自分達の席に混っていた。それは内侍が二人と命婦が二人と御食事係の女官が一人とである。中宮様にお食事を差上げるために筑前と左京《さきょう》の二人の命婦が礼装で、内侍の出入りする隅《すみ》の柱の傍から出た。あら天人《てんにん》といいたいほどであった。左京は青色の上着に薄青の無紋の唐衣を着て、筑前は菊の色目の五重機の織物の唐衣を着ていた。裳は例の置模様のものである。御前まかないは橘三位が勤めるのであった。青色の唐衣に支那綾の黄を用いた菊の色目の袿を着ていたようである。髪はほんの少しだけ結い上げてあった。自分の席からは柱が邪魔になってこの人だけがよく見えなかった。

殿様が若宮様をお抱き申しておいでになった。陛下が御自身の手へお抱きとりになった時に若宮様は元気の好《い》い泣声をお立てになった。若宮様の御剣は弁の宰相さんが持って出た。中央の間の中戸の西に奥様がおいでになった。そこへ若宮様はまたお入りになった。奥様がほかの室《ま》へさらに若宮様をお伴れ申しておいでになってから宰相さんは侍女達の席へ帰ってきた。晴れがましくて恥しくてならなんだといっているその人の頬には、上《のぼ》った血の色がまだ醒《さ》めずにあるのも、なつかしい美くしさを示していた。美貌を勝れた華やかな服で装うこともこの人は忘れずにしていた。

日が暮れそうになって奏楽の声はますます面白くなった。高官達はお召を受けて御前へ参った。万歳楽《ばんざいらく》、太平楽《たいへいらく》、賀殿《がでん》などという舞もあった。長慶子《ちょうけいし》という曲を向うへ歩き歩き舞って、築山《つきやま》の小《こ》径《みち》などで袖が飜《ひるがえ》っていた。遠くなってゆくにしたがって笛も鼓も松風もいっしょになってしまうのが非常に面白く思われた。綺麗に底の浚《さら》えられた川筋を小流れが心地よく早く走り、池に波が立って寒い感じがそぞろに覚えられるのに、陛下はお上着の下へただ袙《あこめ》を二枚だけより召しておいで遊ばさない。左京の

命婦は自身が寒いので、陛下がお気の毒でならないとばかりいうのを、傍にいる人達が笑って聞いていた。筑前の命婦は、

「円融院《えんゆういん》様がおいで遊ばした時にこちらへ行幸を遊ばしたことが幾度もございましたよ」

といって、その折々の御供《おんとも》に加《くわわ》った自身の見聞《けんもん》したことなどを思い出して話すのであったが、泣き出しかねない風《ふう》であるから、そんなことになってはならないと思って誰もあまり相手にならない。この人と自分のいる所とは几帳に隔てられていたのである。

「その時もまあどんなに御盛んなことだったでしょう」

とでもいう人があったなら、すぐにも涙が零《こぼ》れ出たであろう。

御前で管絃楽《かんげんがく》の起りはじめたころ、若宮様のお泣声が向うでした。顕光右大臣《あきみつうだいじん》は、

「この万歳楽に宮様のお声がちょうど合う」

と愉快そうにいっていた。公任左衛門督《さえもんのかみ》などは万歳楽、千秋楽《せんしゅうらく》と楽に合せていっていた。主人の殿様は、

「自分はこれまでに仰ぎ奉った行幸を光栄の限りであるとなぜ思ったのでしょう。こんな嬉しい行幸をお迎えする時もありましたのに」

と酔泣《えいな》きをしておいでになった。それはもとよりいうまでもないことであるが、自身が満足すべきことに十分の満足の意を現しているということは気持の好《い》いことである。殿様はほかの御殿へお行きになって、陛下はお椅子から後の室《しつ》へお移りになった。そして右大臣をお呼びになって中宮職の諸員、ここの家職の人々の位階陞叙《いかいしょうじょ》のことをお書かせになった。通方頭《みちかたとう》の弁から御参考に遊ばすことをお聞き取りになったようである。

藤氏の高官達が皆階段《きざはし》を降りて拝礼した。これは若宮御誕生の祝意を表し奉るためである。同じ藤原氏でも南家《なんけ》、式家《しきけ》の人々は交《まじ》っていない。それに続いてまた第二皇子の別当《べっとう》に新任された斎信右衛門督《うえもんのかみ》（中宮大夫である）や、位階を進められた俊賢中宮亮《ちゅうぐうのすけ》、実成参議中将《さんぎちゅうじょう》などの拝舞《はいぶ》があった。

陛下が中宮の御帳へ入御《にゅうぎょ》になってなにほどの時間も経たないと思っているうちに深《しん》更《こう》になった。

「御輿《みこし》を寄せましてございます」

と申すのにお促がされになって陛下はお立ちになった。

翌日の朝、まだ霧も晴れない時分に宮中の御使が中宮様へ参った。自分は寝坊をしたためによう見なかった。今日から若宮様は中宮様の御殿へ正式に御同居遊ばされるのであった。行幸という特別なことのあった翌日であるから、ちょうど一年が終って一年のはじめの来た時のように、いろいろのことがこの日に決められたりした。第二皇子の家職、別当、侍女などの名も発表された。これはあらかじめ前から解っていたことなのであろうが、少しも知らずにいた私は自分のなにごとにも敏感でないのを可笑しく思った。

これまでは中宮様のお居間をまだ御健康な当時のようには装飾してなかったのであるが、それも今日からはもとの華やかさに返された。御子《みこ》をおもち遊ばされることの遅いことを誰も御幸《おんさいわい》のなかの一つの欠目《かけめ》のように思っていた方様《かたさま》であらせられるだけ、若宮様とお揃いになった今のめでたさは、限りもないこととお見えになるのであった。夜が明けるとすぐ奥様がこちらへおいでになって若様のお世話をなされたりすることも、これまでとは違った趣の殖《ふ》えた一つである。

日が暮れて月の景色が面白く目の前に展開された。実成中宮亮は侍女に逢《あ》って特別なお悦びでも取り次がせようと思ったのか、人の集《あつま》っていそうな所を捜していたが、ちょうど若宮の御入浴のある時間で、誰もその辺に出ていなかった。細御殿の端の宮の内侍の部屋の外へ亮は来て、

「誰方《どなた》かこちらにいらっしゃるのですか」

といっていた。宰相さんと自分は奥の方の室《ま》にいて、口の室《ま》はまだ格子のしまりがちゃんとしてなかった。亮は上の方を手で押し開けて、

「おいでですか」

とまたいった。自分達はまだなんともいわずにいた。大夫の声でまた、

「こちらにいらっしゃるのですか」

と呼ばれた。これでまだ返事をしないでいるのはあまりにわざとらしいと思って、ちょっとした返事などをした。外《そと》の人は二人ともきわめて上機嫌な人達である。

「私には返事をして下さらないで大夫を特別待遇になさるのですね。ごもっともなことですが、あまり感心ができないですね。こんな時に何も上官、下僚《かりよう》の別を付けないでもいいじゃありませんか」

と亮は自分らを笑った。「あなとうと、あなとうと、今日の尊さ」と催馬楽《さいばら》が歌われたりした。月がしだいに明るくなってゆく。格子の中の戸を下へ外して下すようにと責められるのであるが、高官達を屈《かが》ませて話すということは、こんなところといえばいうもののあまりになしがたいことである。若い人であれば分際というようなことに拘泥《こうでい》していないということも時には愛すべきことに取れるであろうが、そんな嬌態《きようたい》は自分達に似合わないと思うので格子の栓から手を放さずにいた。

若宮の五十日のお祝は十一月の一日《いちじつ》であった。例のように侍女達が装い立てて参り集《あつま》った御前の有様は絵に描いた歌合《うたあわせ》や絵合《えあわせ》のようであった。御帳の間《ま》の東から縁座敷の柱の所へまでずっと几帳が立て続けられて、宮様のお席へは北向きに御膳が奉られるのであった。中宮様のお席は西の方であった。沈《じん》の敷膳《しきぜん》、銀の高膳《たかぜん》などは例のようであったのであろうが、遠くてよく拝見することができなかった。御前まかないは宰相さんで、讃岐がお取次ぎをした。いずれも釵子を挿していた。もとより髪は結い上げられてあるのである。東は若宮のお席で、おまかない役は大納言さんである。小いお膳に小いお皿が並び、お箸台や洲浜台も雛遊《ひなあそ》びの道具のようなのが供えられるのであった。東の縁座敷の御簾を少し上げて弁の内侍、中務の命婦、小中将などというかねてから定められてあった若宮のお給仕の人が出た。人の後にいた自分はこれもよく見なかった。

今夜から若宮の少輔《しょうふ》の乳母が禁制服の着用を許された。その人は神々しい風采で若宮をお抱き申していた。そしてまた御帳の中で奥様がお抱き替え申して膝《ひざ》でお席へ進んでおいでになった。火の明りがその御様子をことに美くしく思わせた。赤地の唐衣に白抜模様の裳までを着けておいでになるのは若宮へ対し奉って宮仕えの礼を失わぬためであるがおいたいたしく思われた。そしてまた愛情はこのように神聖なものであるということをも教えられる気がした。

中宮様は紅紫の五重機のお召の上に臙脂色の小袿を着ておいでになった。お祝の餅《もち》は殿様からさし上げられた。

高官達の席はやはり東御殿の西座敷である。右大臣と内大臣はこちらの座敷から見えていた。他の人々は細御殿の縁へ来て酔《えい》に浮れた言葉を声高に交《かわ》していた。殿様から人々へお出しになる贈物の詰められた櫃や、折詰料理の入れられた籠《かご》をそちらの御殿から正殿へ運んでくることを公達らはした。それらの物は高欄の前へずっと並べられた。立てた炬火《たいまつ》が暗いので品々を見分けるのに雅通少将などは紙燭《ししょく》を持たされていた。その一部は明日から陛下の御謹慎日になるからといって、今夜のうちに御所へ運んでゆかれるのであった。

中宮大夫から高官達の御前へ出る許しをお与えになって頂きたいと啓せられた。

「お聞き済みになりました」

ということで、殿様をはじめ公卿《こうけい》は正殿のお座敷へ入った。東の端の妻戸のところまでが人で充満《いっぱい》になった。侍女達は二列三列になって坐っているのであるが、その前へ当った御簾の向うの高官達は御簾を巻き上げたりする悪戯《いたずら》をした。大納言さん、宰相さん、小少将さん、宮の内侍などの座の近くに席を得た顕光右大臣は、几帳にある開口《あきぐち》を引いたり、下から撥ね上げようとしたりして中の者を厭がらせた。年を取っていらっしゃる癖にと嘲笑されていることも知らずに、扇を奪ったりさまざまないたずらをしてみせた。斎信大夫が杯を持って侍女達のいる座敷へ出た。みの山の催馬楽が歌われて、ほんの儀式だけの管絃であったが面白く合奏された。その隣の室《ま》の東の柱の傍へ実資《さねすけ》右大将が来ていた。前にいる人の襲《かさな》った服の裾や袖口の色を静かに鑑賞《かんしょう》しているのが衆に勝れた紳士的な態度であると思われた。もう皆酒酔《さかえい》になっているということに平生の畏敬の念が緩和させられ、また誰であるかは解らないことであるからと思う利己的な心も生じて、自分はしばらくの間右大将の話相手になっていた。人をそらさない交際上手の才子よりもかえって話心地《はなしごこち》の好《い》い人であると自分は右大将を思った。その人は杯の廻ってくることを祝の歌のむずかしいために恐れているといっていたが、それもお決《きま》りの千代《ちよ》万代《よろずよ》の作で無事に通った。

公任左衛門督は、

「ええと、この辺においでですか、若紫は」

といって御簾の中を窺っていた。自分は源氏物語《げんじものがたり》のなかに賞めて書いた女性のいずれにも当っていないと謙虚な心で思っている。ましてこの辺に若紫の夫人をもって自任している作者がいるわけはないと自分は苦笑しながら聞いていた。

実成に杯を賜わると呼ばれた時、職員席にいた実成権亮が父の公季《きんすえ》内大臣のいるためにいったん縁側へ出て下手《しもて》からお祝の酒を頂きに出たのを見て、公季内大臣は酔のせいもある嬉し泣きをしていた。権中納言が隅の室《ま》の柱の傍で兵部さんを引き倒して大声を立てさせたりしていたが殿様もそれをお制しにならない。こんな調子ではどんな困ることが追い追い起るかもしれないと思って、散会になるとすぐに宰相さんといっしょに隠れてしまおうとしたが、東縁の方から子息方や兼隆中将などが入ってきていて大騒ぎになっているので部屋の方へも通れない。二人で御帳の室《ま》の後へ隠れていると殿様がお見つけになって、隠してくれた几帳や屏風を取り払わせておしまいになった。

「歌を一つずつ詠めば許して上げよう」

こうおいいになった。自分は恥しくて溜《たま》らず、きまりが悪くてならないので、よく考えてもみずに、

いかにいかが数へやるべき八千《やち》とせのあまり久しき君が御代《みよ》をば

と申し上げた。

「ああ立派なお祝いの歌ができた。えらい」

とおいいになって、二度ほど歌をお口誦みになったすぐ後《あと》で、

あしたづの齢《よはひ》し持たば君が代の千とせの数もかぞへ取りてん

というお作をお聞かせになった。恐《おそろ》しいほどの酔態《すいたい》は見せておいでになるが、片時もお忘れにならない御自身の希望の御告白であるから、すらすらと歌われたのであろう。この偉大な勢力をもつ人にこれほどの尊重をお受けになる若宮様であればこそ、すべての御幸いをまったく遊ばされることも容易に想像ができるのである。御寿命の長さはもとよりのこと、光に満ちた御生涯をお享《う》け遊ばす方であるということは自分のような愚かな者にも予言ができるのである。

「宮様お聞きになりましたか、私の歌は傑作です」

と殿様は自慢をなされて、

「宮様の親で私は悪くない。私の娘で宮様はお悪くない。母様《かあさん》も自分は幸福者《しあわせもの》だと思って笑うのでしょう。好《い》い良人《おっと》を選んだものだと思っているのだろう」

こんな戯談《じょうだん》までをおいいになるので、よくよく酔っておいでになるのだと思われた。

中宮様は御心中《ごしんちゅう》で御迷惑に思召すに違いないが、ただ大《おお》ように聞き流しておいでになった。奥様は居辛《づら》くお思いになったのかお居間の方へそっとおいでになった御様子であった。殿様は、

「私が付添い役をしないと母様《かあさん》はきっと憤《おこ》るから」

といって周章て御帳の中を斜向《すじかい》にお通《とおり》になるのであった。

「宮様は無礼《ぶれい》だと思いになるかしれないが、しかし親というものがあらゆることで御尊厳の擁護をさせて頂いているのだから」

とおつぶやきになったのを侍女達は笑った。

中宮様の宮中へお入りになる日が近くなったので、侍女達はお産に付帯した御祝宴などにした身の廻りの仕度に続いて、今度は何を着ようか、どんな意匠を用いようかということに一処懸命になっているのであるが、中宮様は物語類を綺麗に写し集めた草紙の新調をお思い立ちになって、そのことばかりにお気をお入れになった。自分はその御助手役で、夜《よ》が明ければすぐ御前へ参って、いろいろの紙をそれぞれに選《よ》って決め、また原本を添えて、ところどころへ依頼状を書くことをするのであった。また出来上ってきた草紙を綴《と》じ上げるのも自分の役である。毎日毎日このことばかりに掛《かか》って日を暮した。

「なぜこの冷たい時節にそんなことを遊ばすのでしょう」

と殿様は口でいってはおいでになったが、好《い》い薄葉《うすよう》や筆や墨などをこのためにお献じになった。新しい硯をも持っておいでになったが、それを宮様は自分に下された。

「式部に取られたのは残念だ」

殿様がこんな戯談をおいいになるのを聞きながら、几帳や屏風で身体《すがた》の隠れるようにして御前にいる自分は、こんなお役を勤めていると、物知りらしく見せるのが好きなようで恥しい。なぜ最初に御辞退を申し上げなかったかと自分自身を責めていた。殿様はまた自分へも墨や筆を下された。

自分は自作の小説類を家から取寄せて部屋にそっと隠しておいた。自分が御前へ出ている間に殿様がそっと部屋へおいでになって、あちこちの戸棚を開けて小説をお見つけなった。そしてそれを御二女《ごにじょ》の尚侍へお上げになった。自分が改作した方のものは貸し失ったりなどして原本だけを取っておいたのであるから、それを見ては拙《まず》い作家であるという評をする人がきっとあるであろうと思われるのであった。

前の池へ来る水鳥の数が一日一日多くなってゆくのを見て、宮中へお供して入るより前に、ここの雪の日に一度逢いたい、どんなにこの庭の景色が勝って見えるであろうと自分はいつも思っていたが、少しのお暇を頂いて実家へ帰っていると二日目ぐらいに意地悪く雪が降った。

面白くもなんともない自分の家の庭をつくづく眺め入って自分の心は重い圧迫を感じた。宮仕に出る前の自分は淋《さび》しい徒然《つれづれ》の多い日をここで送っていた。苦しい死別を経験した後《のち》の自分は、花の美《うつく》しさも鳥の声も目や耳に入らないで、ただ春秋《はるあき》をそれと見せる空の雲、月、霜、雪などによって、ああこの時候になったかと知るだけであった。どこまでこの心持が続くのであろう、自分の行末はどうなるのであろうと思うとやるせない気にもなるのであったが、自分と同じほどの鑑賞力をもつ文学好きの女同志とはずいぶん真実のある手紙を書き交したものであった。自分の直接知らぬ女からもそんなことで手紙を貰った。自分にはその文学好き仲間の交際から慰みが見出《みい》だされていたのである。これを最も人間らしい生きようであるとは思えないながらも、他人から侮辱を受けたり、悲しい目に合せられたりすることは知らないでそのころは済んだのであった。宮仕以後の自分は昔の自分が知らずにおられたことまでもことごとく味《あじ》わなければならないことになったと、自分はこんなことを思うのであった。

自分は試みに小説を出して読んでみたが、それから受ける興味は淡いものであった。昔のように心を没了《ぼつりょう》してしまうようなことはもうできない。きわめて仲の善《よ》かった友人に対しても、宮仕に出た自分を鉄面皮な軽薄な女であると思っているであろうと思うと、手紙が書かれないことになる。気取る癖のある女には、手紙の返事を宮仕仲間の女が見るようなことがあったりすれば、それだけでも世間から尊敬を払わすことを少くすると心配をさせるのが気の毒であるし、そんな女はまた自分の複雑な哀愁に同情のできる人でないのであるからと思うと、手紙を書く要求がなくなったりして、交際を絶つというようなことでなくて結果がそれと同じことになるのが多い。また向うの方でも宮仕に一生を託すという思想に懐疑が起って自分が家に来ているのであるとまでに自分を想像して知ってくれる女がないから、様子を尋ねる手紙も出してくれない。

自分はちょっとしたつまらないことにつけても親《したし》みのない淋しい世界へ来ているという気がするのである。こんな心持は宮仕に出ている時にもあったが、その時よりも今の方がもっと悲しい。

今の自分は気のひったりと合った友、自分の人格を少しでも認めてくれる人、情を籠《こ》めた手紙の貰いやりができる人、自然に仲善くなった朋輩というような人に少しの愛着《あいぢやく》がある。自分ながら生活の意志の薄弱なものであると自分が思われる。御前で寝《やす》む夜のあるごとにいつも近いところで寝んで自分によく話をして下すった大納言さんが自分には恋しくてならない。大納言さんは奥様のお身内であり、殿様の思い人である。土御門殿の侍女のなかでその人の羽振《はぶり》に並ぶ人のないことはいまさらいうまでもない。その大納言さんが懐しいというのは自分の心も世間的なのであろうか。

うき寝せし水の上のみ恋しくて鴨の上毛《うはげ》にさえぞおとらぬ

こんな歌を大納言さんへ送った。返しは、

打ち払ふ友なき頃の寝ざめには番《つが》ひし鴛鴦《をし》の夜半《よは》に恋しき

こうであった。字などもきわめて美くしい。よくこんなに何もかも整った人があるものであると思った。

雪の日に自分がちょうど実家へ来ていたことを宮様は本意《ほい》なく思召して、行《ゆ》かないでも好《い》いものをと仰せになったということは朋輩の手紙にも見えた。また奥様からのお手紙に、

あなたが家《うち》へ行こうといった時に留めたのは私でしょう。それにあなたは急いで

帰って行って、そしてまたすぐ来るようにいっておきながら容易に出てきてくれない。何だか私へ意地悪をしているようです。

ということが書いてあった。これは御戯談ではあろうが、奥様があの時にお留めになったのは真実《ほんとう》のことであるから、済まないように思って自分はまた土御門殿へ参った。

中宮様が御所へお入りになる日は十一月の十七日であった。お立ちを午後八時と決められてあったのである。いつの間にかもうずっと時は更けていた。髪を結い上げて礼装をした侍女の数は三十幾人と数えられた。そのほかにお供する女達の数も多いのである。中央のお座敷に隣《とな》った東向《ひがしむき》の縁座敷に宮中からお迎えにきた女官達が十人ほど休んでいた。自分達は南の縁座敷にいるので、そこはわずかに妻戸一つが隔てになっていた。宮様のお輿《こし》には宮の宣旨《せんじ》が陪乗《ばいじょう》した。奥様は若宮様をお抱き申した少輔の乳母といっしょに糸飾りの車へお乗りになった。第二の車は黄金作《こがねづく》りで、乗者《のりて》は大納言さんと宰相さんとであった。その次のには小少将と宮の内侍が乗った。第四の車へ自分は右馬の中将と二人で乗った。この自分の同乗者はつまらないものの伴《つれ》にされているという不平を露骨に見せた。自分はその虚栄心を滑稽《こっけい》であると感じていながらも、また宮仕えというもののむずかしさと苦労の多いのとを思わずにいられなかった。典殿《とのもり》の侍従と弁の内侍の車がこの後《うしろ》から来た。続いて来る車には左衛門の内侍、殿の宣旨、式部の三人が乗ったはずで、その後のは誰々《たれたれ》と決められてなかったから思い思いの伴を選《よ》って乗ったようである。自分達の下車した上には月が明るく照っていた。なんというきまりの悪いことであろうと思いながら夢中で歩いた。自分は先に立った右馬の中将の行く方へ随《つ》いてゆけばいいという風にして行くのであるから、後で見る人にはさぞ可笑しいであろうと恥しく思われた。弘徽殿《こうきでん》の細座敷の第三の戸の付いた室《へや》へ入って自分が横になっているところへ小少将さんが来たので、例のように宮仕えの気苦労を話し合い、先刻《さつき》車の中で形の崩れた着物を脱ぎ、綿の厚く入った物を幾枚も重ねて着て、手《て》提《さげ》火《ひ》鉢《ばち》に火を入れて身体を暖めながら、こんなことをしなければならないほど身体の冷えたことをお互いに情けながっていた。ここへ実成参議、兼隆中将、公信《きんのぶ》中将などが見えて、自分に疲労のないかと見舞って下さった。自分は恐縮をした。今夜は自分の存在を人に忘れていてもらって、ゆるりと休みたかったのを、誰かから自分のここにいることをお聞きになったのでおいでになったらしい。ありがた迷惑なことであるとも思った。

「明日《あす》は早朝に伺います。今夜はもう身体がふなふなになりましたから失礼して宅へ帰ります」

などと体《てい》のいいことをいって、ここに近い西の通用御門から皆家へ帰ってゆくようであったがこうした若い人達のその家なるものがはなはだ怪しい、どこにある自宅かもとより解らないなどと自分は思った。自分の恋の相手がそのなかにいてそうした嫉妬めいた感情を起したのではない。自分はいっしょにいた小少将さんが可哀そうであったのである。美くしい小少将さんは心底から自身の薄命を嘆いている人であった。人物からいっても家柄からいってももう少しの出世ができていなければならないこの人のお父様《とうさん》の不遇であることも原因の一つであることはいうまでもない。

昨日殿様から宮様へなされた贈物を宮様は今朝になって細かに御覧になるのであった。お髪《ぐし》の箱の中の小道具の繊巧な美くしさは言葉に現しようもない。一《ひと》揃いのお手箱の一つの方には白い色紙《しきし》と色の紙を綴《と》じた草紙が入っていた。今一つの方の掛子《かけご》の上には古今《こきん》、後選《ごせん》、拾遺抄《しゅういしょう》の諸集を行成《ゆきなり》中納言と僧の延幹《えんかん》とが一帖に四巻ずつ書いた物が詰めてあった。表紙は羅《ら》で、同じ色の唐組《からくみ》の紐《ひも》で綴じられてあるのであった。下には能宣《よしのぶ》や元輔《もとすけ》などという歌人の家の集を写した物が入れられてあった。これは延幹と近澄《ちかずみ》の二人の筆で、重々しい表装などはしてないが、座右《ざゆう》に出してお置きになるものとしての手軽な装幀《そうてい》に十分の珍しい意匠が見せてあった。

五節《ごせち》の舞姫《まいひめ》は二十日《はつか》に御所へ参った。実成参議の出す舞姫へ宮様は唐衣と裳を下賜遊ばされた。兼隆中将は自身が出す舞姫のために日蔭のかずらの御下賜を願って出たので、お遣《つかわ》しになるついでに薫物を入れた一つの箱をお贈りになった。飾りには梅の造り枝が付けられた。真際《まぎわ》になって用意のされる例年とは違って、今年は凝りに凝った五節の舞姫の姿が見られるという評判が前からあったので、少しの見落しもなく見物しなければならないと思わない人もない。ちょうどこの御殿の東向いになるところの置戸《おきど》の前に、間というものがないほど充満《いっぱい》に点《とも》しつらねた灯《ひ》の、昼よりも明るい所を歩いて五節所《ごせちどころ》と決められた所へ入ってゆく舞姫の一行《いっこう》の人は、ようもあのように平気に澄ませたものであるとは見えるが、自分には他人事《ひとごと》とは思えなかった。仕方がないというこういう時の諦《あきら》めの痛さを自分の身にもしみじみと感じた。若い公達などはその顔の傍まで顔を持ってゆき、脂燭《ししょく》をも突きつけないばかりにして見るのである。こういう人達は幔幕《まんまく》を引いて遠ざけてあっても、それは形式だけで、目にはこの時と同じく露骨な自分達が見られたのであろうと、自分は御所へ入ってきた晩のことを思い出してみると、いまさらのように胸に高い動悸《どうき》が打つのであった。

業遠《なりとお》の出した舞姫には錦の唐衣が着せてあった。夜の錦も今夜は珍しくきらきらしいものであることが思われた。あまりに多くの服を重ねたこの舞姫の姿は身じろぎもできないようで、女性の柔味《やわらかみ》を失った傾きがあった。若役人は特別にこの舞姫を大事《だいじ》がっていた。陛下もこの御殿で舞姫の参入を御覧遊ばされるのであり、殿様も戸口の外に立っておいでになるのであるから、自分らは窮屈《きゆうくつ》な思いでいるのである。尾張守《おわりのかみ》中清《なかきよ》の舞姫は背も幅もいいほどにある少女《おとめ》で、品の善さも奥床《おくゆか》しさも十分に備えた舞姫であると人々は評した。兼隆中将の舞姫にも一点の不足がないと思われたのであったが、付女《つきおんな》のなかの下女《しもおんな》のあまりに肥《ふと》っていたのを、田舎めいていると人々は密《ひそ》かに笑っていた。最後のは実成参議の出した舞姫であった。思いなしか華やかさ美くしさが群を抜いたもののように見えた。十人の付女を随《したが》えていたが、火影《ほかげ》を歩むその姿はどれもどれも、藤壺《ふじつぼ》の縁の御簾際に袖や褄《つま》を見せて得意に見物する人達にも劣らない美くしいものと見られた。

五節の第二日の寅《とら》の日の早朝には殿上《でんじよう》役人が揃って中宮御殿へ参った。決った儀式であるこんなことも若い侍女達には面白くてならないらしい。これは宮中を幾月か遠のいていたせいもあるのであろう。しかしこうした時の礼装である小忌衣《おみごろも》を着た朝臣《あそん》は一人もなかった。この晩に業遠東宮亮《とうぐうのすけ》を召して薫物を賜った。大きな箱に高く盛って入れたものであった。中清へは奥様からお贈物があったはずである。今夜は五節の舞が清涼殿《せいりようでん》の庭で試演《しえん》される日であった。宮様は御見物のために清涼殿へお上《あが》りになるのであった。若宮様が御同列でおいでになるために魔除けの撒米をそこここでする声が五節というものの情調《じょうちょう》とも、お后《きさき》のお上りという気分とも離れ離れになって聞かれるのであった。自分は晴れがましい所へは出たくない気がするので、部室《へや》で休息していよう、もしお召しでもあったらその時に上ろうと思っていた。小兵衛、小兵部なども自分といっしょに火鉢の傍に集《あつま》っていた。

「人が多くて、そして狭いのですものねえ、どうしてよく見物がさせて頂けるものですか。無理ですわ」

などというのを聞いているところへ殿様がおいでになった。

「なぜこんな所にぼんやりとしているの、さあ俺《わし》といっしょに行こう、早く」

自分は引かれるようにして清涼殿の見物席へ伴《ともな》われた。試演の舞姫はどんなに心身も疲れることであろうと同情しながら見ているうちに、中清の舞姫が病《やまい》を起して退出していった。全体の夜の光景が夢のように思われた。舞が終るとすぐ宮様は藤壺へお下りになった。

このごろ自分達の逢う公達は、誰も決ったように、舞姫の参っている五節所の興趣《きょうしゅ》に富んだことばかりをいっているのであった。

「御簾の縁《ふち》の切れやそこの帽額《もこう》が舞姫一人一人で変っているのはもとよりですがね、

そこらにちらちら見える女の頭つきや様子というものまでがそれぞれの特徴をもっていますからね。それを見比べて廻るのがどんなに面白いことかしれませんよ」

などと自身の品位というものさえ忘れているようなことをもいうのである。人々が五節に興味をもつことが今年ほどでない年でも、上覧《じょうらん》の日の付童女《つきわらわ》などの気の張られることは並々でないのであるから、まして今度の人達はどういう心持で出てくるであろうと、自分は同情と好奇心を等分にもって見物しようとした。そして人々の歩み並んできたのを見てわけもなく胸の轟《とどろ》くのを感じた。気の毒でならなく思った。そのなかに自分のために特別な縁故のある人は一人もいないのである。こうした晴れの役を勤めるのは皆それ相応の自信があってのことであるから、これも好い、あれも美くしい姿であると目移りのすることが多くて、結局優劣がないように見えるのであった。近ごろの風潮というものに一歩も後《おく》れないでいる人々はこんなことにも鋭敏《えいびん》な批評をしているのであろうと思われた。自分はただこんな明るい昼間に、扇も絶対の顔の隠し場所にはならぬ人々が、若い公達を近い所へ置いているということは、貴《とうと》い身柄でもなく、この辛抱をあえてしなければならない階級にあることを自覚している人達であるとはいっても、また人々に誰よりも自分の美貌を認めさせたいという慢心があるとはいっても、どんなに厭なものであろうということばかりを思って苦しがっていた。融通《ゆうずう》のきかぬ損な持前である。業遠が童女《どうにょ》の上に被《き》せた汗衫《かざみ》に青の白橡《しろつるばみ》の使ってあるのをいい思い付きであると思って見送った後から、実成参議が童女に赤い汗衫を着せて、それと配色のいい青い色の唐衣を下女に着せてあったのを見て、さらに奇抜な意匠であると感心した。その組の童女は顔もよく隠していて、その一人はちらとより眉目《びもく》を見せなかった。兼隆中将の童女は脊《せ》のすらりとした髪の美くしい子であった。皆下には濃《こ》い紫の袙を着ていた。汗衫の下の上着は一人一人別な色が使ってある。それが皆五重機の厚織物であるなかに、中清のにはただ無地の赤紫を着せてあるのがかえって奥床しく品よく思われた。色白な美人らしい下女の傍へ六位の蔵人達が寄って、扇を顔から離させようとすると、その人は自身の手でそれを投げ出してしまった。これが女であるかと、その所作には呆《あき》れさせられながら、自分達をこのようにして庭を歩かせよという命令が上の方から下ったとしたなら、自分はやっぱりあのとおり無神経になって命ぜられるとおりのことをするであろう、昔の自分は宮仕女という羞恥《しゅうち》の観念の鈍った人達のなかに交ろうとは夢にも思わなかった、思想の堕落は目に見えないのをいいことにして、あくまでも宮仕女になりきって、神経を麻痺《まひ》させてしまうのも気楽なことであるかもしれない。こんなことを自棄《やけ》になって自分が思ったりするのも、つまり現在の自己を肯定《こうてい》することができないからであって、深酷《しんこく》な悲みが自分を窺っているのを知ると、目に見ているもののなにものにも興味がもてなくなるのである。

実成参議の舞姫の部屋は藤壺からすぐ見える所であった。庭を隔てた置戸の上からいわゆる中のゆかしい御簾の端も見えるのであった。向うの話声も少しずつ聞えてきた。

「参議の妹の女御《にょご》さんに付いていた左京と右馬という二人が素知《そし》らぬ顔で舞姫付きになってきていますよ」

とその女達を見てきた兼隆中将がこの御殿で話すと、

「最初の晩に後見役のようにして舞姫のすぐ後《うしろ》の東側にいたのが左京だ」

と源少将《げんしょうしょう》もそれに同《どう》じていったということが自分達仲間の評判になった。

「面白いことですね」

と自分達はいって、これはこのままでうっちゃってはおかれない、かつて花々《はなばな》しい女御の付人《つきびと》であるという誇《ほこり》をもって住んでいた御所へ、五節の付女という微々たる役を勤めに出てきているということは、普通の心よりもたない者にはできないことである、その人の化けおおせたつもりでいる目を少しぐらい醒《さま》させてやりたいといい合せて、宮様のお手許に多くある扇のなかから、蓬萊山《ほうらいさん》の絵の描かれてあったのを選って、それを贈物にしようとするのであった。流転の定めない身に比べて、宮中はいつも変らぬ永世《とこよ》の国であるという気がするであろうという意を籠《こ》めたのであるが、先方へは通じないことであったに違いない。箱の蓋へそれを拡げて、日蔭のかずらを丸めたのへ差櫛《きしぐし》や白粉《おしろい》の包を多く結び付けたのを添えた。

「もう相当な年だのに、若い人のように反《そら》した櫛なんかを挿していたから品が損《そこな》われていた」

と源少将などがその人のことをいっていたのを思って、当世風《とうせいふう》に見《み》ともないほど反った櫛を用いたのであった。それからまたいっしょに添える黒方香《くろぼうこう》の包みようをわざと不恰好《ぶかっこう》にした。消息は白い重ね紙の立文《たてぶみ》にした。筆者は大輔で、歌は自分が作った。

　多かりし豊《とよ》の宮人《みやびと》さしわきてしるき日かげを哀れとぞ見し

宮様は、

「やっぱり体裁をよくしてやる方がいい、扇なんかも一つぐらいやらずにたくさんお遣り」

と仰せになるのであったが、

「大層に致しますとかえって無意味になりますでございます。あなた様の御下賜遊はします物なら、判《はん》じ物をさせるようなことは要《い》らないのでございます。これはただ私らが勝手にいたしますことにさせておいて頂きます」

と申し上げた。自分達のなかの一人が部屋で使っている侍で、方々《ほうぼう》へ顔の知れ渡っていない男に、

「これは中納言のお手紙で、お邸《やしき》から左京さんへ」

と大きい声でいわせて、向いの御簾口へ置かせに遣った。もし引き留められたなら困ると自分達はひやひやとしていたのであったが、すぐに走ってきた。女の声で、

「どこからここへ入《はい》れたの」

といっていたのを思うと、むろん女御様からのお使と信じているらしかった。

自分にはそれほど面白いとも思われずに過《すぐ》してしまったものの、その五節が済むと俄かに宮中の日送りが寂しく物足りなくなった。最終の夜の調楽《ちょうがく》は実際面白いものであった。まして若い殿上役人などは今日このごろがつまらなく思われるであろうと想像された。今度宮様が御所へお入りになった晩から高松の奥様《おくさん》の方の小い若様達にも内儀《ないぎ》の出入《ではい》りが許されたので、その方らがあちこちと座敷の中をお歩きになるので、はっと思うようなことばかりが多かった。しかし自分は年の行った者であるから隠れ

る資格があるというようにしているので、顔などは見られたこともない。五節のころが恋しいとも特別にお思いにならない風で、若様達は若い小兵衛や童女のやすらいを相手に、裳や汗衫によれつもつれつして小鳥のように戯れ合っておいでになった。

今年の加茂《かも》の臨時祭《りんじさい》の祭使《まつりづかい》は若様の教通中将《のりみちちゆうじよう》さんである。ちょうど祭の前日は陛下の御謹慎日であったから殿様も御宿直をなされた。高官達も社前《しやぜん》で舞の役を勤める公達も皆この晩は御所にいたので、侍女達の部屋になっている弘徽殿の細座敷の辺りは夜通し話しに来る客で賑かであった。

祭の日の早朝に内大臣の随身の男が来て若様の随身へ品物を渡して帰った。それは五節の時に子息の実成さんの舞姫の部屋へ持たせてやったあの箱の蓋の上へ、銀の草紙箱を載せたものであった。箱の中の奥には鏡を置き、沈の木で造った櫛と、銀の笄《こうがい》を入れて、祭使の若様が途中で髪を撫《な》で付ける用に使わせようとしたものである。その蓋に蘆手《あしで》で書かれた歌は五節の日の返歌であろうが、字が二つ落ちていたので確《しか》とした歌の意は解らない。それにつけても先方の見当違いが気の毒に思われてならなかった。あれを宮様からのお贈物と取って大層な御返礼めいたことをされたからである。自分達が女仲間で軽い諷刺《ふうし》をしてみせただけのものであったのに。

今日は来ておいでになる奥様も宮様のお上りになるのに随《つ》いて清涼殿へ見物においい

でになった。内蔵の命婦は試楽《しがく》の舞者《まいて》には目も遣らずに、自身が育てた権中将さんの顔を眺めては泣き、眺めては泣きしていた。なお続いて御謹慎遊ばされる日であったから、祭使の一行が加茂から帰って参ってからも、御前での神楽《かぐら》はほんの形式だけより行われなかった。舞者のなかの兼時《かねとき》は去年まで舞にしっくり身体の合っていたにも関《かか》わらず、今年は若々しさがなくなって衰えの目立つようになっているのを見て、その人はもとより自分の知らない人であるが、自分は自己に対する批評と混同した悲哀をそれから強く得た。

十二月の二十九日に自分は実家から宮中の中宮御殿へ参った。はじめて御奉公に出たのもこの十二月の二十九日という日であったと思い出して、その時分に比べて人間が別なほど宮仕えに馴れたものになっている。自分は悲しい運命の女であるなどとしみじみと思った。宮様の御謹慎日であるため御前へも出ずにそのまま部屋で心細い思いをしながら寝《しん》に就くと、近く眠っている人達のなかの誰かが、

「御所はほかとは違いますのねえ、どこにいてももう今ごろは眠《ね》られるものですがねえ、よく聞える沓《くつ》の音というものが眠入《ねい》っていてもすぐ目を醒させてしまうのですものね」

と浮気者らしくいっているのを聞いて、

年くれて我世更け行く風の音に心のうちのすさまじきかな

と歌った自分は、自己の老をほかの形で歎いているのにすぎないとみずから憐《あわ》れまれた。

三十日の夜に追儺《ついな》の式が早く済んだので、自分は部屋で歯を染めることなどをしているところへ、弁の内侍が来て話などをしているうちに、その人は寝てしまった。下段の室《ま》の方では御裁縫係《ごさいほうがかり》の女蔵人《にょくろうど》が童女のあてきの仕立てている重ね物の折目を付けてやったり、縫い所を教えてやったりするのに熱心になっていた。ふとこの時に御前の方でけたたましい人声が起った。内侍を起したが目を醒さない。恐《おそろ》しい目に合っているように泣く女の声がするので、自分はどうしていいか度を失った。火事が起ったのかと思って見たがそうでもない。自分は縫物のお師匠《ししょう》さんの女蔵人に同行を求めた。

「ともかくも宮様が御殿においでになる時なのです。私達は参ってみなければなりません」

と内侍を荒く揺り起して三人が慄《ふる》え慄え、廊下を踏む足の感覚もないほど恐がって藤壺へ参ると裸体《はだか》の女が二人いた。靫負《ゆげい》と小兵部である。それと見て自分達はいっそうの恐怖に囚《とら》えられた。御厨子所《みずしどころ》に勤めている男達も今夜は皆外へ出ていた。宮様付の侍も滝口の武士も追儺が果てるのと同時に自宅へ帰ってしまったので、どんなに手を叩いても答える者がない。ようやく出てきたのはお台所係りの老女であった。

「お常御殿《つねごてん》へ参って、兵部《ひょうぶ》の丞《じょう》という蔵人を呼んでおいで」

と自分は恥も忘れて知人の名を口ずからいったのであった。老女は帰ってきてその人のいないことを報じた。自分は折の悪さが恨めしくてならなかった。式部の丞輔成《すけなり》が駆け付けてきた。その人は元気よく一人であるだけの灯に油を注《さ》して廻った。侍女達のなかには意識を失った人のように、ただ目だけを向側《むこうがわ》の人と見合せたまま呆《ぼう》としているものもあった。陛下からお訪ねの使が参ったりした。どんなにこの晩というものが自分に恐しかったかしれない。陛下は納殿《おさめどの》にしまわれた物の中からお出させになって、盗人《ぬすびと》に逢った二人の侍女へ衣服を下賜遊ばされた。その人々の春着に盗人は手を付けなかったので、朔日《ついたち》の朝の二人はさり気ない風をしていた。しかし自分はその人々の裸体だった時の幻影をその人々から離すことが容易にできなかった。自分は見るたびに恐しさがさらに呼び起されて、可笑しかったと評し去ってしまうこともできずに、めでたい元日に怖《おび》えた昨夜《ゆうべ》の話を朋輩としないわけにはゆかなかった。

一月一日はあやにくな坎日《かんじつ》であったために若宮のお戴餅《いただきもち》のお式は三日に延ばされたのであった。今年の正月の御前まかないは大納言さんであった。その人は朔日に紅の上に赤紫を襲ねて赤地の唐衣に、白抜模様の裳を着けていた。二日には紅梅色《こうばいいろ》の厚織物の上着に紫の練絹を下へ着て青色の唐衣と彩色染の裳を着けていた。三日は支那綸子《しなりんず》の桜襲《さくらがさ》ね、唐衣は臙脂色の厚織織物《あつおりしきもの》、練絹の服は濃紫《こむらき》を着る日には紅を下にし、紅を着る日には紫を下にしていたことは常例でいうまでもないことである。私達は萌黄《もえぎ》、臙脂色、濃い黄色、薄い黄色、紅梅色、薄紫などという始終用いる色を一人が同じ色で六枚ずつほど襲ねて、上着にもその色を着て、それぞれ配色《うつり》のいい色を隣にして並んで侍していた。

宰相さんがお守刀《まもりがたな》を持って、殿様がお戴餅のために清涼殿へ若宮様をお抱きしておいでになるすぐ後《あと》にお供した。紅の三重機の織物、同じ色の五重機、また三重機、五重ね、五重機というように襲ね、同じ色の絹をまた単衣、糊打絹を幾枚も一つ隔《おき》にその下へ重ね、五重機の堅紋織の赤紫の袿を着ていた。その上に赤の唐衣を着て羅を三枚襲ねて仕立てた裳を着けた宰相さんは支那風の多く加味《かみ》された姿であると思われた。単衣に置いた刺繍の模様などが最もそういう感じをさせた。美くしい髪は添毛《そえげ》に繕われていっそう見事に見えた。全体の形、身のこなしはさらに完全な人といっていいのであった。背がいい加減に高く、肉付《にくづき》もふっくらとして、顔は永く見ているほど美しくなってくるという質《たち》の人である。大納言さんは小柄な人であるが色が白くて、快いほどに肉付のいい顔は背までもすらりと高い人のようにして見せた。身丈《みたけ》に三寸ほど余った髪の裾にも類の少ない美しさが味《あじわ》われた。顔だちには貴婦人らしい威容や身のこなしには弱々しい美しさがあった。宣旨さんは華奢《きやしゃ》な人で、痩せた身体の背は高かった。一筋一筋が美しいと見えるほどの髪で、普通の人に比べて一尺ほども長い。敬意が思わず払われるほどの限りない品位を備えていた。この人の姿が几帳の蔭から顕われた時、こうしている自分はあの人の目にどう映るであろうと気が使われてならなかった。真の美人というのは宣旨さんのようなのをいうのであろうと自分は思い、その人の性格、人への交際《つきあ》いように欠目というもののないことも思わずにはいられなかった。

ここまで書いた筆のついでに朋輩達の風采のことを書いたなら、謹み深くない女というものに自分はなってしまうであろうか。けれど自分はただ思い出したことを書こうとするだけで現在の批評をするのではない。自分がとくに親しくする人のことは書くに憚《はばか》られるから書かない。また少しでも善くないことをいわなければならない人のことも書かないつもりである。

宰相さんというのは北野の三位さんのお嬢さんである。ふっくらとしたその全体の感じの愛くるしくて才女らしく思われるこの人は、坐っているのを離れて見るよりも、近くへ寄ってつくづくと見ている時に美を多く感受させた。品のよさもそうすればするほど勝って見えた。この人のいうことには人から敬意を払わすことも、花やかさに人を酔わすこともあった。身のこなしに眩《まばゆ》い美々《びび》しさを感じさせるのもこの人である。人柄も批難するところがない。気のいい人で、そして犯しがたい威厳のあるような性格である。小少将さんはどことということなしに美くしく艶な人である。二月ごろのしだれ柳のようである。姿が実によく、身のこなしも心憎いほどいい。そして自身の意志などというものはまるでないという風に見えるまでのおとなしい人である。羞恥心《しゅうちしん》が強くてあまり見苦しいと思われるまでういういしい。もし善くない人がこの人をいじめようとかかったり、意地の悪い交際《つきあ》いようをして蔭口をいい広めたりすることがあったら、この人はそれが原因《もと》で死んでしまいそうに見える人である。若い女性の柔《やわらか》味《み》を最も多く備えたような人であるだけあまりに頼りない気もされるのであった。宮の内侍もまた美人である。背丈の高くもなく低くもない人で、坐った形に立派なほどの大きさの見える、そして近代的な感じのする人である。顔のどこが取り立てて好《い》いとも思われないでいて、そして非常に美しい。娘らしいのもこの人の特色である。中《なか》高《だか》な顔の色は群を抜いて白い。頭の形、毛の生えようにもなんという綺麗な人であろうと思わせるところがあった。華やかに愛嬌《あいきょう》の多い女性で、すべてに亘って少しもそつのない人、そのうえ気取ったようなところは少しもない。この人の性行は実際一つ一つが人の手本になると思われるのであった。式部さんというのはこの人の妹である。ふっくらとしすぎたほど肥《こ》えた色白な人である。非常に品の好《い》い顔で、髪も美くしい。しかし長い髪とはいえない。実家から出てくる時にはいつも添毛をしていた。目と額がことに秀麗であった。笑った時に見える愛嬌も多かった。若い人のなかで美人と思われるのは小大輔と源式部である。小大輔は小柄な当世風の女で、髪が見事である。旧《もと》は非常に多くて背よりも一尺ほど長かったのであるが、このごろは少し減った。顔《かお》容《だち》もきりりとしていて、誰からもああ美しいと思われる人で、この人の容貌《きりょう》にはこのうえ加えなければならないものは何もない。源式部は背のすらりとした人で、顔容は見れば見るほど愛らしさの加わる顔である。全体がさっぱりとしていて、宮仕女というよりも秘蔵娘として育てられているお嬢さんらしいところが多い。小兵衛の尉《じょう》も美くしい人である。これらの多くは若い殿上役人が相手とするのに見逃さない女達である。誰も迂闊《うかつ》なことをしていては情人《じょうにん》との関係が朋輩のなかへ充満《いっぱい》に知れ渡るが、巧《たくみ》に上手に秘密を保ってゆこうと努力していればそうした間柄も知れずに済んでゆくのである。宮城の侍従という人はその顔容が隅々まで趣のある美貌で、背も小さく痩せてもいたから、まだ当分童女として眺めていたい気のした人であったが、自分から進んで老《ふ》けてしまった。そのうえ宮仕えも退《ひ》いてしまった。背丈より少し長く、桂の裾の方へ曲がったその髪の裾を派手に切り揃えてあったのがお勤めに来ていたその時の最終の姿であった。その時の顔も好《よ》かった。五節の弁という人がある。平中納言《へいちゅうなごん》が養女分にして世話をしているという人である。これは絵に描いた女のような顔をした人である。額が出て、目尻《めじり》が下がっていて、そのほかにも美くしい方へ寄ったところは少いのであるが、真白《まっしろ》な肌と手つき腕《かいな》つきとに心を引くものがあった。自分がはじめて見た春には、背丈に一尺も余った濃い《こい》髪と見えた髪が半分になったかと思われるほどに近ごろは少くなっている。しかし長さは以前よりも益《ま》したようである。小馬《こま》という人は髪の長い人であった。以前は綺麗な女であったが、盛りが過ぎて琴柱《ことじ》に膠《にかわ》せねばならぬ日になって宮仕えを退いてしまった。容貌のうえではまだ勝《すぐ》れた人は誰々《たれたれ》と名を挙げて書いておくこともできるのであるが、人格について語ることはむずかしい。しかしそれぞれ特色があって、劣等な人格と思われる女はない。また勝れて立派な自《じ》重心《ちょうしん》をもち、才学も情意も完全に整った人というのもなかなかない。善いところのあることを思うと、あの人もこの人もと皆褒め上げたい気になってしまう。自分はこんなことを書いて真実《ほんと》に済まない。

斎院の侍女に中将さんというのがある。この人の噂を始終して聞かせる友を自分はもっていた。その人の書いた手紙も何通か見せられた。なるほど世間で評判する趣味生活をしている人というだけあって、自分のほかに高い鑑識を備えた女はなく、深い思想のある女もなく、世間の多くの女は心も頭もない者であると思っているようなところがそれらの手紙に顕《あら》われているのであった。自分はそのまま見ていられないような気になった。公憤《こうふん》とかいって無智《むち》な人達の騒ぐ、ああいう心持になって中将という人を憎く思った。歌にもせよ、散文にもせよ作の善悪は自分の主《しゅ》の斎院よりほかに真の鑑別のできる人のあるはずがない、天才が生れたならそれをお見出《みいだ》しになるのは自分の斎院であるなどと書いてある。もっともなことのようではあるが、斎院から世間へ出た歌などに中宮を巡った侍女達の作と比べてこの方が勝れて佳《よ》いと思われるようなものは少い。ただ斎院というところは興味が中心になった生活の行われているところであるということがその作から推して想像されるくらいのものである。侍女達と一人ずつ並べて優劣を争ったなら、この自分といっしょにいる女達に斎院方の勝つことを期することもできないであろう。斎院は平生人々が出入りをせぬところで侍女のあらの見えることも少い。面白い夕月夜、懐しい景色の有明月夜、花を尋ねに行き、杜《ほと》鵙《ときす》を聞くために志してゆくと、そこには風流好きな斎院がおいでになって、いったいの気分が俗離れのしているように思われるところから自然男達のなかにゆかしがられるのである。こちらは事情が違う。あちらは侍女に用らしい用もないところである。宮様が上の御局《みつぼね》へお上りになるお送り、殿様の御参殿《ごさんでん》になる時の御用、上の御局で徹夜して下がることのできないようなことは経験しないところである。忙しいことがないからただ自分一身を立派に磨き上げることを熱心にすればいいのである。経験を積んでゆけば男を相手にして間違ったいい過ぐしなどをするものはなくなってゆくはずである。自分のように引込思案《ひっこみじあん》の者でも斎院に参ったなら、ここでは知らない男と応接をして話をはずませなどしても軽佻《けいちょう》な女であると自分一人のいわれる恐れはないと気を許して浮気らしい女となってゆくであろうと思われるのであるから、まして若くて容貌《きりょう》にひけめのない人は、お化粧《つくり》ばかり一所懸命にして男の喜ぶようなことをいって面白い思いをしようと願うようになる。そうしたなかの競争の結果自然に劣った人もいなくなっていることであろうと思われる。しかも中宮様の方はというと、今は宮中にも陛下の御寵《おんちょう》の分けられる女御もお后もほかになく、向うの御殿、あちらの御簾際と比較される対象がないので、お仕えしている者は男も女も敵愾心《てきがいしん》などはなくなっていて、外見などをそれほど気にせず気楽にしている。それに宮様は男との交際《つきあい》に馴れすぎることは浮薄《ふはく》なことであると遊ばすのであったから、少し自重する女達はよく心安い人でない限りはほかから来た男の話相手などにはなっていない。ただのんきな人、恥しがらない人、浮名というような名の立つのに無関心でいられる人、そんな種類の人達はどこの侍女もするようなことをしていた。ただ与《くみ》しやすいそんな人が見つかったためによく遊びに来る男などから、中宮付きの多数の女は引込み思案であるといことがいわれ、または浅薄《せんぱく》な人達ばかりであるということもいわれるのであろう。公平に見て自分はここの上中《じようちゆう》の階級の侍女はあまりに臆病《おくびよう》で人との交際を避けすぎる嫌いがあると思う。これでは立派な侍女が主人の飾りであることが有名無実になってしまう、見苦しいことであるとさえ思う。斎院の中将が攻撃している点もそれなのであるが、人というものはしかしながら一面だけを見て全体が解るものではない、よくないこともある代りに立派なところもあるようにできているものなのである。引込み思案は悪いとして、さて若い人でも重味《おもみ》のある女と見られたいばかりに華やかなことを避けてしない傾向のあるなかで、中年ではしゃぐ者があったなら気の触れた者とも見えよう、自分はそんな人が出てきてほしいとも思わない。ただ全体の人がも少し人情に遠くない風になってほしいと思うのである。宮様の御性格には一点の批《ひ》をお打ちするところもない、最高最貴《さいこうさいき》の婦人の典型でおありになるのではあるが、あまりなお内気から目立ったことは自分からしだすまい、そんなことをして恥をかかない人というものは幾人もないものであるからということを深くお信じになっているのである。もとよりそれには真理がある、何かの場合に生中《なまなか》なことで衆目を引くのは頭の働きの鈍いのにもまして醜《しゅう》なものである。なおまたこんな理由も宮様にはあった。とくに勝れた学問も識見もない女で、ある位置のある人の勢力圏内に幅をきかせていて、当を得てない警句などを衆人の目の寄るところで得意に発表するような人があった。その時分の宮様はまだきわめてお年若なのであったが、その人のことを苦々しいと思召さないではいられなかった。それに対する反感から平凡な女が最もいいと思召した。このお好みに子供らしいところの勝《か》った、人の家の秘蔵娘がよく合って、そんな人ばかりが集められた。弊《へい》というようなものもまたこれから生じたと自分は観察している。今の宮様はもう物の一端《いったん》ばかりを見ておいでになる方ではなくなった。広い意味の善悪にことごとく正確な御判断《ごはんだん》をお下しになることができるようにおなりになった。御観察もよく行き届く、御自身の周囲のことを殿上役人らが評して、見馴れているせいもあろうが、気の引き立てられるようなことは一つもないと思ったりいったりしていることも御想像遊ばさないではないのである。気の利いたことを一歩取り外した時に悪評を招く例もあるとはいえ、こうまでみじめに皆が引っ込んでしまっている現状を少し変えるがいいと宮様はおいいになるのであるが、人々にはまだ前からの習慣が付きまつわっているのである。また現時の公達という者はどれも皆不真面目な方の発展者である。斎院などというようなところで、月や花を背景にして話すことを風雅な言葉で組み立てることはできても、朝夕に来馴れているところで侍女のいう普通事《ただごと》に趣のある答をしたり、もしくは興味のあることを侍女からいい掛けられて相当な言葉を返す者は少くなった。であるから交際《つきあ》っても面白くないという自分の朋輩達もあるが、自分の実験したことでないからよく解らない。また男がよく話しに来て、女が少し相手をしている、そんなことがあるうち両者《ふたり》に身体の関係ができてしまう。女さえ確《しっか》りとしていればそんなことにならないで済むはずであると自分は思う。この弱点があるために立派な女というものは少いということが定評になってしまったのであろう。素気《すげ》なく人に逢わないような行為は必ずしもその人を貴くするものでもない、また羞恥を忘れ、男女《なんにょ》の別を忘れるような行為はもとよりなすべきことでない。しかし時と場合に合せて、ああもしなければならぬことと、こうもしなければならぬこととがあるからむずかしいのである。一例をいうと中宮大夫が見えて、宮様へ啓上することのある時に、子供らしくやわやわしいだけの上級侍女はお取次の応接をすることができない。またよしできてもそうした人を相手に大事なことを述べる気に大夫さんの方ただ理解がないからでもなく、言葉を多く知らないというのでもなく、ただ溜《たま》らなく恥しいと思うことが主《しゅ》になって間違った取次をするようなことがあると、もう一度で懲《こ》りて、その次には客に語らせないような態度をとるのである。これはこの宮にお付きしている女達ばかりの弊であるかないかは自分には解らない。宮仕えに出た以上はどれほど貴い家の子であっても、皆上《かみ》に主人を頂いている気になっているはずであるのに、上級の多数の侍女は姫様《ひいさん》だった時と同じ心持で今もいるのである。それがそうであるからといって、下級の者が応接に出ると大夫の大納言さんは感情を害される風であるから、応接のできる誰彼《たれかれ》が実家へ行っていたり、また部屋に休んでいてもよんどころないことですぐに出てこられない時にはお取次をするものがない。やむをえずそのまま大夫さんがお帰りになるようになるのである。そのほかの高官で宮様へよく伺候して啓上することをもった人達には、どれにも一人の定《きま》った応接人がいつの間にやらできていて、せっかく来てもその人のいない時にはすごすごと帰るのである。そんな人々が中宮の侍女には引込根性の者が多くて仕方がないと歎息《たんそく》を洩らすのは道理《もっとも》なことと思われる。斎院あたりの人々が軽蔑してみるのもこんなことがあるからであろう。しかしながら自分の方には物の優劣を見分ける主人がある、ほかのは盲目であるのも同然、聾であるのも同然であるというように侮るのはまたあまりな思い上りようである。なにごとにも人を攻撃するのは楽であるが自身の方を完全にするのはむずかしいということに斎院の人はまだ気がつかないで、自分より賢い者はないように誹謗《ひぼう》の矢を放つのである。浅はかな心をそれだけで十分に見せている。その中将という人の手紙は実際参考に見せて上げたいような手紙であった。ある人が隠してあったのを自分の友がそっと借りてきて自分に見せて、そしてまたすぐ自分から取り返していったのでそれはかなわない。

和泉式部《いずみしきぶ》という人と自分とは興味ある手紙の交換をよくしたものである。和泉式部には仕方のない放埒《ほうらつ》な一面はあるが、友人などに対して飾り気なく書く手紙は、文学者としての素質が十分にある女だけに真似のできない妙味《みょうみ》のあるものであった。傷のない歌を詠むこと、博覧強記《はくらんきょうき》であること、主義主張のあること、これらの約束を具備した真の歌人ではないが、現実を詩化して三十一字にした一首のなかに人の心を引くところが必ずあった。しかしこれほどの人でも他人の歌の批難をしたりしているのを見ると、まだ十分歌というものが解っていないらしく思われる。おそらく才気に任せて口先で歌を詠むという方の人らしい。敬意を払うべき歌人とは思われない。丹波守《たんばのかみ》の夫人はこの宮や、殿様のところなどでは匡衡衛門《まさひらえもん》と呼ばれている。名家の婦人というのではないが、自重している人だけに、歌人らしく乱作はしないが、世間に知れている歌はなんでもない時の即興の物までが皆非常にいい。それこそ敬意を払うのに躊《ちゅう》躇《ちょ》しない作が多いのである。どうかすると上《かみ》二句と下《しも》三句が別物になろうとするような歌を詠んだり、巧《たく》んでした警句に人を驚かすことを得意になっていたりする女のあるのを見ると、気の毒にも思われ、また憎いようにも思われる。清少納言《せいしょうなごん》という人は才を鼻に掛けて出すぎる方の代表的の女であった。あれほど漢学の素養のあることを自慢にして書いた文章もよく見ればまだ半可通《はんかつう》であることが多いのである。この人のようにわざと個性を人と異《ちが》って現わそう、特色を工夫せねばならないということを主にして思うような人は、その時はいいようであっても後《のち》にきっと飽《あ》かれるものである。趣味の生活を偏重《へんちょう》する女は、荒涼怪奇な場合にも風流がり、また瑣末《さまつ》な享楽をも追求して捨てず、感情の赴くままに任せているのであるから、自然に軽佻《けいちょう》な行為をすることにもなる。その軽佻なことをした女の果てがよく行くものではない。

　自分は過去に何という一つの長所もなく、さればといって未来に希望と慰藉《いしゃ》を求めることもできない女であるが、しかしどうなってもいいと自暴自棄《じぼうじき》することだけはしないでいようと思っている。この心が自分にはなお残っているとみえて、物哀れな秋の夜などに縁の端へ出たなら、月の光にまた以前の悲しかった思い出が新《あら》になるであろうと思い、女が一人で月を見ると魔に魅《みい》られるということもあるから、自分のような薄命な者はそうした目に合せられることがあるかもしれないと憚って、少し奥の方に入っているが、しかし悲みはやはり悲みとしてそんな時の心を占めている。風の涼しい夕方に上手でない琴を一人で弾《ひ》いては、他で弾く琴の音《ね》の主《ぬし》につまされて自身の悲みもさらに加わるという詩の句のようなことを感じる人があるかもしれない、そんなに人の心を掻《か》き乱しては済まないと思って止《よ》したりする。思えば自分というものは愚直な者であり、また憐れむべき者である。

今自分のいる部屋というのは、黒く煤《すす》けた一室《ひとま》で、十三絃《げん》の琴と七絃の琴とが時々弾かれるものでありながら、自分の不精《ぶしょう》から雨の日には気をつけて琴柱を倒しておけと侍女達に命じることもしないでいるので、塵《ちり》が充満《いっぱい》に積っている。琵琶《びわ》はまた置棚と柱の後《うしろ》へ上のところを突込んだまま一つは右に倒れ、一つは左に倒れている。大きい一揃いの置棚の上へ隙間なしに置かれてあるのは、一つの方は歌書《かしょ》と小説類の古本で、もう紙魚《しみ》の巣のようになっている物ばかりであるから、手に取ると離れ離れになって散乱する恐れがあって開いて読もうとする者もない。片一方の棚はそこへ漢文の本ばかりを選って積み重ねた良人が亡くなってからは、それにも手を触れる人が別段なくなった。その中の物をあまりに徒然《とぜん》な時などに一二冊引き出して読んでいると、侍女達が集《あつま》って、

「奥様《おくさん》はああしたむずかしい物のお読めになるのがかえって御不幸な原因《もと》になるのですよ。女というものは全体いえば漢字で書いた本などを読んでいいものではありませんよ。昔はお経をさえもそんな理由で不吉だといって女には見せなかったそうですよ」

こんな蔭口をいうのが自分の耳に入る。自分は、不吉不吉といってなんでも気に掛けてする女は必ず長命でもすることか、世間にはそうでないことが多いではないかといってやりたいような気になるのであったが、それは自分が知ったかぶりの独断であって、女達の言うのにも一理がある。世の中のことは人によって異《ちが》うものである。物を読むにもそれが得意らしく、華美《はで》で、愉快そうに見える人もあり、淋しい生活をする人が徒然《つれづれ》の紛らわしようのないために古い本のなかから慰みになりそうな物を出して読むというような同情すべきものもある。仏に仕えるにしても大ぎょうに念仏を口に唱えて珠数《じゅず》の音を高々と揉《も》み鳴らしているというようなことは決して懐しく思うべきものではないのであると、こんなことを思った。自分の自由にしてよい読書をすら自分は侍女達のために遠慮しなければならないのである。まして宮仕に出ていてはいいたいことがあっても、いってはどうなるであろうとまずその影響ばかりが気遣われる。またいったところで実際自分のいうことが先方へ徹底しなければ無駄である。人の説を壊《こわ》すことの好きな、自己を過信した女の前ではうるさくて物をいうことも厭になる。とくになにごとにも博《ひろ》く通じて観察と批判の公平を得る女というものは寡《すく》い。多くの女達は自分の狭い考えばかりを固執《こしゅう》して、他人の意見はいちがいに道理のないことのように侮蔑《ぶべつ》する。そういう女達は自分が強《し》いて争わないのを見て、心から恥じているように思っている。自分はそういう場合にもその人達となお辛抱して相対《あいたい》していねばならなかったことさえある。あれほど正しい意見をもっていてさえかえって是を非に言い枉《ま》げられてしまったかと思うと、心のうちでは少しもそれに服しているのではないが、そういう女達と論じ合うことが煩わしさに、自分は他から見て呆《ぼ》けたような人間になっているのである。それを人が見て、あなたはこういう方だとは想像しなかった、艶《えん》な、美人らしくしている人で、交際《つきあ》いにくい風な、いつもしんみりとした真実《ほんとう》の調子を見せてくれない人で、小説ばかりを読んでいて、華やかなことを人に言いかけたりすることが好きで、なんぞというと思ったことを歌で述べる人で、人を人とも思わず軽蔑するような人であろうと、皆が評判して憎んでいたのです、今あなたを見ると、不思議なほど大ようで、そんな人ではない気がすると自分のことをいうのを聞くと、自分は恥しくなって、他から与しやすい女として軽蔑されているのであると思う一面に、またそういわれるのが自分の本懐であるとも思い、なおそう思われたいということを望みにして日を送っている。宮様も、

「おまえにはあまり露わな自分というものを見られまいと用意をしていたのだったけれど、他の者とよりも親密になったのね、おまえとは」

こんなことを折々仰せになるのであった。意地の悪い心から表面を優しく見せ、敬《けい》して近寄らぬという風を見せるような女にも、自分はその人の内心の憎みを助長させたくないと思っている。

すべて女というものは大度《たいど》を備えて、他人にはことに寛容でありうる人であり、沈着なところが土台になっていてこそ、学問も才識も無難に役立つことができるのである。またよし浮気らしい軽佻な事件がその人に起ってきても、本然《ほんねん》の性質に癖がなくて交際いよいところのある女は憎む気にならないものである。自分は平凡な人間といっしょにされたくないという気のある女は、平生の動作にも一つ一つひねくれた我見《がけん》を立てているから人目を引く。目を付けていればきっと言葉のなかにも、また傍《そば》にいる時のその態度にも、立ってゆく後姿にも好くない癖が見出されるものである。言行の一致しなくなった女と、よく人を攻撃する女の非行とにはことに目と耳が寄るものである。非行があってもその人が癖のない人である限りは、そのことに対する批評はなるべくしてやりたくないと友人は皆互《たがい》に思い、その人が困っているような問題は自分達の同情で救うことができたら救いたいと思うくらいの心にはなるものである。感情を害するようなことをわざわざする人と、悪事と知りつつ罪を犯す人とは嘲笑してもいいと自分は思う。殊勝な善人は他人が自身を憎んでも、なおその人のためになることを考えるであろうが、そこまでのことは普通の人にはできるものでない。慈悲《じひ》深い仏でも仏法を譏《そし》る罪を浅いものとは決してお教えにならないのである。ましてこの近代の世の中に生活している人間の心に敵意を見せるものの恨めしいのは当然のことであろう。確執《かくしゅう》の起った時、自分の方に道理が多いと思わせたい心から、一方に対する罵詈《ばり》讒謗《ざんぼう》を他人に言い散らしたり、対座して睨《にら》みつけたりする女もあり、そんなことをせずに表面だけはこれまでどおりにして平和に待遇している女もある。人格の高《こう》下《げ》はそんなことによっても解るのである。

左衛門の内侍という女がある。不思議にも自分に悪感情をもっているということである。自分にはどういう理由《わけ》か解らない。その人の口から出たという厭な悪評をずいぶん多く自分は聞いた。陛下が源氏物語を人に読ませてお聞き遊ばされた時に、

「この作者は日本紀《にほんぎ》の精神を読んだ人だ。立派な識見を備えた女らしい」

と仰せになったことに不徹底な解釈を加えて、

「非常な学者だそうですよ」

と殿上役人などにいい触らして日本紀のお局《つぼね》という名を自分に付けた。あまりに的

確でなさすぎることであるから可笑しい。自分の家の侍女達にさえも読書の気兼《きがね》をする自分ではないか。宮廷などで学問のある顔がどうしてできよう。兄の式部丞《しきぶのじょう》が子供の時分に史記を習っているのを傍《そば》で聞き習っていて、兄のよく覚えなかったり、忘れていたりするところを自分が兄に教えるようなことをしたので、学問好きの父は、「残念なのはこの子を男の子に生れさせなかったことだ。自分はこの一事《いちじ》で不幸な人間といっていい」

と常に歎息をした。その時分は自分も得意になっていたのである。男でも学問自慢の者の末始終は不遇と定《きま》っていると、こんなことをいわれたためにようやく目が覚めた後《のち》は、一という漢字をさえも書くのを憚った。そうして真実《ほんとう》の無学女になってしまって、子供の時に読んだ書物は自分と交渉のないもののように見ていた。その自分が左衛門の内侍の蔭口のようなことを知ってからは、このことを聞く女達がまたどんなに自分に反感をもつかもしれないと恥しくて、御前にいる時などはお屛風の絵の讃《さん》にした短い詩の句をもなにごとか解らぬ風をしていたのであるが、宮様が白氏文集《はくしぶんしゅう》のところどころをお読みになってから、そうした物に興味をお覚えになって、誰《たれ》かに習いたいという思召しがあったため、自分はきわめて内々《ないない》に、侍女達が近いところへ出ていないひまびまに一昨年《おととし》の夏ごろから楽府《がふ》という書物二巻だけを不確かな講義でお聞かせ申し上げた。まったく秘密にしていたことであった。宮様もこのことを隠しておいでになったのであるが、陛下もそれとお知りになり、殿様もお悟りになって、殿様からはその書物を新しく書家に書かせてお差上げになった。左衛門の内侍は宮様のこの御読書を知らないに違いない。知ったならまたどんなに自分が嘲笑されるかしれない。こんなことを思うと、個人にあまり多く煩《はん》の及ぶ世の中というものが厭でならない。もう自分は人の評判などに構っていないことにしよう、人がどういおうともこういおうとも頓着《とんぢゃく》せずに自分は一心に阿弥陀仏《あみだぶつ》を対象として経を読むことをしよう。世の中の煩《うる》ささが少しも自分の心を騒がさなくなったうえなら、聖《きよ》い宗教生活をするのに躊躇《ちゅうちょ》もいらないはずである。髪を切って尼になることまではしなくてもいい、極楽へ行く用意をしても迎えに雲の来ない間は手持無沙汰《てもちぶさた》であろうと自分は思うのである。自分の年も仏勤めをするのに適当なほどにおいおいになってゆく。これよりもっと老い呆《ほ》けた年ごろになって経を読み出すことになったら肉体の億劫《おっくう》さも多いに違いない。賢明な婦人の真似をするようではあるが、こんな風に信仰のことばかりが今では思われる。もっともこれだけのことを思うことができるのも仏縁があるからである。自分は前生《ぜんしょう》の悪因が思われるようなことばかりを今日までに経験してきたのを考えると、何につけても悲しまずにいられない。

平生の手紙によう書かぬことをいいこと、悪いこと、世間のこと、一身のことも残らず自分は書いてお目に懸けたいのです。自分のような浅はかな女を友人におもちになっていても、これまではこうした無遠慮なことを自分にされようとはお思いにならなかったに違いないと自分は思います。しかしあなたも御無聊《ごぶりょう》なんでしょう、無聊さに筆を執《と》って私の書いた物をお読みになるのはいいかもしれません。あなたのお思いになることは自分のような無駄の多いものではないでしょうが、何かまたお書きになって見せて頂きたいと思っています。御覧になりました後《のち》のこの日記は少しでも人に見られたくはありません。自分にはまたこういう風に書いたものであなたのお目に懸けたいような草稿もほかにたくさんあります。私はこのごろ反古《ほご》を皆焼いたり、または雛の家を張るのに使ったりしてしまったのです。人から貰った手紙もありません。あればそうした紙の裏へでもそれを清書して差上げたいのですが、仕方がありません。新しい紙へ書くということはしたくないと、こんなみじめなことを自分は思っております。それは倹約から思うのではありません。この日記もお読み下さいましたら早くお返し下さい。自分でも読めないような書きようをしたところも、文字の落ちたところもあちこちにあるでしょう。そんなところだけはどうぞ飛ばしてお読み下さい。自分はこの日記を他人に対する不満を書いたところで終りにしましたから、世間に対する執着《しゅうちゃく》が深いようにも見えるでしょうが、それはただ偶然にこうなったにすぎないのです。

十一日の未明に宮様は御堂《みどう》へおいでになるのであった。お車の陪乗は奥様がなされて、侍女達は庭続きであるから皆池を船で行った。しかし自分はそのなかに交っていなかった。遅れて当日の晩に参ったのであった。この仏事は私人の家の中の御堂である式を用いずに、叡山《えいざん》の寺でする作法で行われたのである。大懺悔《だいざんげ》などということもされた。塔の絵を数多く描く者が勝つ遊びも面白そうに行われた。高官達はたいてい帰っていったが、残った人も少しはあった。後夜《ごや》の導師《どうし》達は話の筋も説きようも、皆違ったものであったが、どの僧達の口からもこうした席へ御聴聞《ごちょうもん》においでになる宮様の功徳の大きなことが讃《たた》えられた。仏事がすっかり終ってから殿上役人らは幾艘《いくそう》かの

船に分乗して池へ出て遊んだ。御堂の東の端の北向に開けられてある戸の前には池へ下りる階段《きざはし》が造られてあって、その欄干《てすり》に中宮大夫が寄り掛っていた。ちょうど正式に殿様が御前へ伺候しておいでになった時で、宰相さんなどの侍女達は御前であるから崩れない姿で集《あつま》って話などをしていた。この御堂の内部の光景もほかの趣もきわめて美くしい。朧月《おぼろづき》が出て若い公達らは今様歌《いまよううた》を歌った。最初我がちに乗ろうとした時の落伍者《らくごしゃ》も多かったが、乗りおおせたのは皆若くて併せて美くしい人であったということをこの歌声が思わせた。そのなかにただ一人老人の正光大蔵卿《まさみつおおくらきょう》が交っていた。さすがに歌う仲間になるのは恥しいのか、目立たないようにして坐っているらしい後姿が可笑しいので、御簾の中にいる女達は忍び笑いをした。不死の薬を採りにゆく人もまだ船の中では老体が心細かったと、自分がこんな意味の独語《ひとりごと》をいっているのをお聞きになったのか、大夫は「徐福文成《じょふくのぶんなって》誑誕《きょうたん》多《おおし》」とお口誦みになった。声もその姿態も非常に華やかに思われた。「池のうきくさ」という今様に笛などを吹き合せている声を送る夜明近い風も懐しく思われた。ちょっとしたことも背景になっていることとその場合とで非常に身に沁むことのようにも思われるのである。

源氏物語が御前に置かれてあった時においでになった殿様は、それを手に取って御覧になりながら、例の御戯談をお言いになるのであった。梅の枝の下に敷いてあった

紙へ、

すきものと名にし立てれば見る人の折らで過ぐるはあらじとぞ思ふ

と書いて自分へお見せになった。

人にまだ折られぬものを誰《たれ》か此《この》すき物ぞとは口馴らしけん

と自分は申した。

「怪《け》しからぬことでございます」

繋ぎ御殿の部屋で寝た夜に、戸を叩く人があるとは知っていたが、恐ろしさに自分は中にいるような音もさせずに、じっと夜の明けるのを待った。翌朝《よくちよう》早く、

夜もすがら水鶏《くひな》よりけに泣く泣くぞ真木《まき》の戸口に叩きわびつる

こんな歌を自分は贈られた。返歌、

常《ただ》ならじと許《ばか》り叩く水鶏ゆゑ開けては如何《いか》に悔《くや》しからまし

今年の正月は三日まで日々戴餅《にちにちいただきもち》に若宮様方を清涼殿へお伴《つ》れ申し上げるのであった。お供には上級の侍女も皆参った。若様の左衛門督さんが若宮をお抱きして、祝のお餅は殿様から陛下へお手渡し申上げるのであった。二間《ふたま》といわれるお座敷で、陛下が東の庭の方をお向き遊ばれて若宮へお頂かせになるのである。お上りの時もお下りの時も華麗な光景であった。中宮様はお上りにならなかった。

今年の朔日の御前まかないは宰相さんであった。この時の晴着の好みはいつもよりことに美くしく思われた。女蔵人の役は並の命婦が勤めた。髪を結い上げているために、まかないは常と変った顔立ちに見えた。三日間は分けてさし上げる御薬掛り《みくすりがか》の女《じょ》官《かん》は文章博士ででもあるようにすばらしく威張っていた。

二日に薬の胡茎蓮《せんぶり》が人々へ配布されることは、これも例年あることである。二日にあるはずの中宮の大饗宴が御中止になったので、ただ新年の臨時接待のことだけが藤壺の東面の座敷の中仕切を例のように取払って行われた。道綱《みちつな》大納言、実資右大将、斉信中宮大夫、公任大納言、隆家権中納言《たかいえごんちゅうなごん》、行成侍従中納言、頼通左衛門督、有国参《ありくにさん》議《ぎ》、正光大蔵卿、実成左兵衛督《さひょうえのかみ》、頼定参議、これだけの高官は向い合って席に着いていた。俊賢中納言と右兵衛督および左右の参議中将は下段の室の殿上役人の席のところに坐っていた。殿様が第二の皇子殿下をお抱き申してお出になり、殿下から御挨拶のお言葉が皆に下された。その後で殿様はお可愛《かわゆ》くてならないという風に殿下をあやし奉っておいでになった。

「末宮様をこれからお抱き申そう」

と奥様においいになると、殿下は、

「いけない」

とお怒《いか》りになった。このことが来賓のなかに披露されると、右大将《うだいしょう》などは非常に面白がった。人々はすぐにまた清涼殿へ参った。そして陛下が出御《しゅつぎょ》遊ばされて管絃の御《ぎょ》遊《ゆう》があった。

殿様は例のようにお酔いになった。また困らせられるようなことになりはしないかと自分は隠れていたのであった。

「なぜ今日早くあなたのお父様《とうさん》は退出したのだ。お上《かみ》で召しておいでになるのに帰ってしまった。僻《ひが》んでいる」

などと機嫌を悪くおしになって、

「その代りに歌を一つ作れ、親の代りにそれくらいのことをするのは当前《あたりまえ》のことだ」とお責めになった。こうされて歌を作るのは賞められたことではない、自分は作るに忍びないと思った。殿様は非常に御酩酊《ごめいてい》になっているので血が上《あが》っていっそう皮膚がお美くしく見える。火影においでになるのが誠に華やかである。

「長い間宮様は石女《うまずめ》でおいでになったから、淋しい物足りないことだと拝見していたところが、今度はこのとおりに、どうすればいいかと思うほど右左《みぎひだり》に若宮を拝見することになった。嬉しいことではないか」

こういって、お寝《やす》みになった皇子様方のお掛衣《かけぎぬ》を引き開けて眺めておいでになった。「子《ね》の日《ひ》する野辺に小松のなかりせば千代のためしに何をひかまし」という古歌を殿様はお口誦みになった。新しい作を聞くよりもこの折からによく適した賀の歌がどんなにいい感じのものであったかしれない。

次の日の夕方に、もう春らしく霞んできたような空が、前には大きい建物があって、ただ繋ぎ御殿の屋根の上にだけ少し見られるのを眺めながら、自分は中務の乳母と殿様の昨夜《ゆうべ》のお口誦みを賞め合った。このお乳母の命婦はなにごとにも理解をもった学識のある人であるのである。

自分は実家へ行く許しを頂いて帰っていたが、一月十五日の第三皇子殿下の五十日のお祝の日の夜明に御所へ参った。小少将さんは明るくなってから来た。小少将さんと自分は二人分の部屋を一つにしているので、一人が実家へ行っている時もお互に構わず部屋を使い合った。いっしょに参っている時には几帳を中隔てにしているのである。殿様がこの部屋へお出《い》でになった。

「あなた達はどういう相手か知らぬが恋人を作ったそうだ」

というような恥しいことをおいいになったが、二人とも事実でないことを知り合っているので平気でいた。

十時ごろに御前へ出た。小少将さんは薄色の厚織物の袿に赤い唐衣を着て例の置模様の裳を着けていた。紅梅色の襲ね、萌黄《もえぎ》の上着、柳色の唐衣、こんな物も、置模様の華美《はで》すぎた裳なども、若い小少将さんと取り変えたらいいようなのをこの日の自分は着けた。十七人の女官が宮様の御殿へ参っていた。殿下の御前まかないは橘三位であった。御配膳をする三人の両端は小大夫と式部で、真中が小少将である。御帳台には陛下と后の宮お二方《ふたかた》がおわしますのである。朝日の光も射して眩《まばゆ》いまで晴れがましく思われる式場であった。陛下はお直衣《なおし》、小口《こぐち》をお召しになり、宮様は例のように紅のお召、紅梅、萌黄、柳、山吹《やまぶき》の襲った上に赤紫の厚織物をお召しになり、表に白を使った柳襲ねのお小袿の模様も色も華やかなのを御着用遊ばされた。式場の傍《そば》は晴れがましく思われたので、自分は御帳台の後《うしろ》の方にそっと一人隠れていた。中務の乳母が皇子殿下をお抱きして御帳台の横から南向きに式場へ出た。美しい容貌《きりよう》、鮮かな姿というようなものではなく、こせこせしたところのない大ような立派な風采で、若宮のお乳母というようなお役はこの人がしなければならない役であると思わせる品格が備《そなわ》っていた。赤紫の厚織物の小袿に桜色の唐衣を着ているのであった。この日の侍女達の服装は誰彼《たれかれ》となく意匠を凝らし尽くした物を用いていたが、色の襲ねようの悪い袖口をした人がちょうど御前から下ってくる物を御簾口で取り入れる役に当り、高官達や、殿上役人らに注目されたといって、後《あと》で宰相さんなどは残念がっていたようである。しかしその人はそんなに悪い好みのものを用いていたのではない。ただ色の襲ね方が損であったのである。小大夫は紅を二枚着て上に紅梅色の濃《こい》いのと薄いのとを五枚襲ねていたのである。唐衣は桜色であった。源式部は濃い紅の上にまた紅梅の綾を着ていた。上着の厚織物でないのを悪いというのであろうか、それまではいわずといいことである。式場へ出て役を勤める人達ではないではないか、取り運びに過ちをしたりすることのないような者や、御簾口でひょっと顔の見えることがあっても見苦しくない者をと、こうした役をお命じになる方は人選を遊ばされたに違いない。服質の劣り勝りは批評すべきではない。若宮にお餅をさし上げることが済み、そのお食膳が下げられて、中央の室《しつ》を廻《めぐ》った御簾が上げられたのであったが、その隣である中宮様の昼のお居室《いま》に重なるようになって女官達が並んでいた。陛下のお乳母である三位をはじめ典侍《てんじ》達も大勢いた。中宮付の若い女達は下段の室《ま》、東の縁付座敷の南の襖子を御簾に変えて二室《にしつ》を続けた所に上級の者がいた。大納言さんと小少将さんが御帳の東の横の狭い所にいたので自分もそっとそこへ行った。それから後《のち》自分は式場の模様をことごとく拝見することができた。お倚子《いす》などはなくて平敷《ひらしき》の御座《おんざ》にまします陛下の御前には多くのお料理が供えてあった。それらの飾りの美くしさはいい尽すこともできない。高官達は縁側に北向きに西を上《かみ》にしていた。左右の大臣、内大臣、東宮大夫、四条大納言《しじょうだいなごん》と並んだその後《あと》は自分に見えなかった。陛下の仰せで管絃の御遊《じげ》がはじまった。殿上役人はこの御殿の南東《みなみひがし》に当る細御殿に侍しているのであった。地下は文字どおりである。景政《かげまさ》、惟風《これかぜ》、行能《ゆきよし》、友雅《ともまさ》などが階下で拍子を取り、殿上では公任大納言がその役を勤めて、頭《とう》の弁《べん》の琵琶、参議左中将の琴その他の合奏があった。「あなとうと」が歌われ、次は「むしろ田《だ》」、「この殿《との》」などが歌われた。曲物は「鳥の曲」の破《は》と急《きゅう》のところが奏された。階下でも笛を吹いた。また下の人は歌に間違った拍子を入れて叱られたりした。それは「伊勢の海」の時であった。顕光右大臣《うだいじん》は、「和琴《わごん》が非常にうまい」

と賞めたり、輿に乗って戯談をいったりしていたが、最後にはなはだしい酔からした失態は見た人の身さえ顫《ふる》え上るようなことであった。中宮様から陛下へお贈りになった御品は二箱の笛であったようである。

新訳和泉式部日記

和泉《いずみ》は情人《じょうじん》の為尊親王《ためたかしんのう》のお薨《かく》れになった歎《なげ》きのなかに身を置いて、明けても暮れてもただ人生のはかなさばかりが思われた。翌年《よくねん》の春が来《きた》り春が去っても、まだ和泉は傷《いた》ましい胸をそのまま抱《だ》いていた。

四月の十日《とおか》過ぎになって、庭の木立は枝が繁《しげ》りに繁って蔭《かげ》になるところは昼も薄暗くなった。低い土塀の上に伸びた草の色も、人にはなんとも思われないことであろうが、今の和泉には心の底まで沁《し》み通るような緑であると思われた。縁《えん》に近いところで和泉が涙ぐんでじっと庭のうちを見ていると、透垣《すきがき》の外へ人の近付いてくる影が見えた。誰《たれ》であろうかと思ってなおじっと見ていると、それは故《こ》親王にお使われしていた童侍《わらわざむらい》であった。自分の歎きの種《たね》もそのほかに無い人の縁《ゆか》りであることが知れて、和泉は嬉《うれ》しく思った。

「なぜ久しく出てこなかったの、もう帰ってこない昔の形見に、その御縁《ごえん》のある人達には私は誰にも逢《あ》いたく思っているのに」

和泉はこんな言葉を侍女に取次がせた。

「別段用もございませんのに、上《あが》りましては厚かましい者だとお思いにならないかと思いまして御遠慮なんかしておりますうちに、ちょいちょいした旅行なんかを仕はじめましたものですから、すっかりと御無沙汰《ごぶさた》をいたしました。今日《こんにち》はちょっと申し上げることがあって参りました。私は近ごろ帥《そつ》の宮様《みやさま》へ上っております。心細いものですから、先《せん》の宮様のお代りとしてお仕えしたくなりましたので、そうお願いいたしたのでございます」

と童侍はいうのであった。

「それはいいことね。しかし、帥の宮様ではお代りにお仕え申し上げるのに、前の宮様のような御愛嬌《ごあいきょう》の多い、御大様《ごおおよう》なところが御不足でおありにならないこと」

と侍女は童にいった。

「けれどもどこかお懐しいところがおありになるから、上っているのだろうね」

これは和泉の言葉である。

「さようでございます」

と童はいった。

「この花を帥の宮様へ差上《さしあ》げてね、どう思召《おぼしめ》しますかを伺ってきて下さいな」

和泉は一枝《ひとえだ》の橘《たちばな》の花を童に渡した。

「花橘の香《か》を嗅《か》げば昔の人の袖の香ぞするというような御返事を頂いて参りましょう、しかしはじめてでおありになるのでございましょうから、何かちょっと御挨拶《ごあいさつ》のお言葉でもございましたら伺って参りましょう」

と童はいった。道理《もっとも》ではあるが、言葉でいうことは困ると和泉は思った。帥の宮様はお若いが、浮気な方《かた》という名も取っておいでにならないのであるから、自分が歌で御交際《ごこうさい》をはじめてでも迷惑なようなことはどこからも起ってこないであろうと思って、

かをる香によそふるよりは郭公《ほとゝぎす》聞かばや同じ声やしたると

和泉はこの歌を書いて添えることにした。

帥の宮は縁近い座敷においでになった。申し上げたいことが起ったような素振《そぶり》をお見せするので、和泉の家へ行った童侍を召《め》された。

「何か用があるのか」

童は橘の花と歌とを奉った。

同じ枝に啼《な》きつつ居《を》りし郭公声は変らぬものと知らなん

という返歌を宮はお書きになって、すぐ童にお渡しになった。

「このことは秘密にしておけ。軽率《かるはずみ》な男のように世間の人から誤解されるから」

といい捨てて宮はお居間へお入《はい》りになった。

和泉は、帥の宮の御歌《おんうた》にお懐しさと、ゆかしさとを覚えずにはいられなかった。しかし折返してまた歌を差上げることなどは御遠慮する方がいいであろうと心の中に呫《ささや》くものがあった。

翌日、帥の宮から和泉のところへ、

打出《うちい》でずもありにしものをなかなかに苦しきまでも歎く今日《けふ》かな

こんなお歌が来た。なんという徹底した人生観ももたずに、ただ感情にばかり馳《は》せやすい和泉は、自身と同じ悲哀を悲哀とする人のある嬉しさに、慎みという道徳などに関《かかわ》っていられないような気になってしまった。それで、

今日の間《ま》の心にかへて思ひやれながめつつのみ過《すぐ》す月日を

こんな返歌を奉った。

帥の宮の御消息は絶えず和泉のところへ来た。和泉からの返事も宮は時々お受取りになった。帥の宮と交渉をはじめてからの和泉は、以前のようには沈んでばかりもいなかった。

また宮からお手紙が和泉のところへ来た。宮のお言葉は多い。

語らはば慰むかたもありやせん云ふかひなくは思はざらなん

こんな歌の後《あと》に、

亡き人につきての物語もなさばや、聞かばやと切《せつ》に思われ候《そろ》。今日の暮の訪れを許し給え、忍びて参るべく。

と書かれてあった。

　慰むと聞けば語らまほしけれど身の憂きことに云ふかひぞ無き

　唯今《ただいま》の私《わたくし》は人にもあらず、女にもあらず、亡き人に魂のすべてをもて焦《あこが》れおり候《そうろ》う空虚《うつろ》の身に候えば、御話《おんはなし》の相手にいかばかり興味少《すくな》く覚え給うらんと恥じられ候《そろ》。

和泉はこんな御返事をした。

　宮は和泉の家へ微行《びこう》でおいでになろうとして、昼から御心仕度《おこころじたく》を遊ばされた。いつも和泉との間の文《ふみ》の取次をする右近《うこん》の尉《じょう》をお召しになって、

「自分はちょっと出掛けたいところがあるのだから、そのつもりでいてくれ」

と仰《おお》せになった。右近の尉にはもうお行先《ゆきさき》がはっきりと解《わか》っていた。

「目立たない風《ふう》にして来ました」

和泉の家へ帥の宮はこうおいい入《い》れさせになった。和泉は困ったことが起ってきたと思わないでもなかった。しかし昼も自分から御返事がお上げしてあるのであるから、

留守といってお帰しすることはできない、家にいながら面会を御謝絶するということはもとよりいえないと、いろいろに思ったが、結局今日だけはお話を伺おうという気になった。

西の妻戸の外に円座を置いて、和泉は宮を屋内へお招《しょう》じした。この宮が美男《びなん》であらせられるということは誰もいうことであるが、それに違《たが》わず類のない方であらせられると和泉は思った。物越しにいる自身も思わず姿が顧《かえり》みられた。話の長く続いているうちに月が上《のぼ》った。辺りが眩《まばゆ》いほど明るくなった。

「私のような無勢力な、蔭の者のような人間は、こんな場所にいることが晴れがましくてならない。室内へ入れてもらえないでしょうか。私はあなたの幾人《いくたり》かの知合《しりあい》の美男のような真似は決してしませんから」

と宮はお言いになった。

「とんだことをお言い遊ばします。私は後にも前《さき》にも今晩だけただ一度きりお話相手をさせて頂こうと存じまして、こうしているのでございます。もうこれからは御迷惑なお思いもおさせいたしませんから、御辛抱を遊ばして下さいまし」

和泉はこんなことをいった。夜《よ》はあくまで更けた。

「このままで夜を明《あ》かさないではならないのですか」

宮はこうおいいになった後で、

はかもなき夢をだに見て明《あか》しては何をか夏の夜語《よがた》りにせん

この歌をお口誦《くちずさ》みになった。

夜とともに寝《ぬ》るとは袖を思ふ身ものどかに夢を見る宵《よひ》ぞ無き

和泉は帥の宮の危《あやう》く進もうとする御感情をこんなことでおはぐらかせしようとしたのである。

「私は恋しく思う人があっても、そこへ逢いにくるまでの手順を取るのがなかなか容易でない身体なんです。何度も来てあなたが心から許してくれる時を待ちたい心はあっても、それは実行のできないことと思うから、こんな無作法もします。私は悲しいほどあなたが恋しいのだから」

こういって室内へ宮はお入りになった。和泉には抵抗する意志も力も乏しかった。

「当分は絶対に私達の関係を秘密にしなければならないよ」

夜明にお帰りになる前の宮は、こんなことを和泉へお呟きになった。

今あなたはどう思っている。私は感傷的な不思議な気分になっている。

恋《こひ》と言へば世の常のとや思ふらん今朝《けさ》の心は類《たぐひ》だに無し

これは朝になって和泉が受取った宮のお手紙である。

世のつねのこととも更に思ほえず初めて物を思ふ身なれば

和泉はこんなお返しをした。しかしながら自分という女はなんたる奇怪《きかい》なことをする女であろうと和泉は熱い涙を零《こぼ》した。故宮から受けた御愛情の濃さがいまさらのように心に思われて悲しかった。あれまでにお思われしていた自分がその肉身《にくしん》の御弟《おんおとうと》の宮とこうしたことになったかと思うと、死に勝る刑罰を受けているように思われた。またそこへ例の童侍が来た。宮のお手紙をまた賜わるのかと思った和泉は、そうでないのに力を落した。そして自ら顧みて帥の宮を恋する心の深いことを認めずにはいら

れなかった。童の帰ってゆく時に、

待たずしもかばかりこそはあらましを思ひもかけぬ今日の夕ぐれ

こんな歌を宮へおことづてした。宮は続いて逢うことのできないために女の煩悶《はんもん》しているのを哀れにお思いになった。宮の御家庭は温《あたたか》いところと思召すことができないものであって、夫人との御間《おんあいだ》は日に月に隔てのあるものになってゆくのをお感じになるのであるが、さすがに二夜《ふたよ》も続けて外泊はなしがたいことと宮は思っておいでになるのである。宮はまた兄宮の御《ご》一周忌《いっしゅうき》の済むまでは和泉との関係をせめて人の口の端《は》にかけさせたくないということにもお心を支配されておいでになるのである。和泉にとってはあまり嬉しくも思われないお志であるといわねばならない。

日の暮に和泉のところへ宮のお返しが来た。

ひたすらに待つとも云はばやすらはで行《ゆ》くべきものを妹《いも》が家路《いへぢ》に

あなたの恋はそれほどであると思うと、自分は煩悶しないではいられない。

というのである。

私《わたくし》は自分の心も恋も御説明申すことができません。

かかれども覚束《おぼつか》なくもおもほえずこれも昔の縁《え》にこそあるらめ

しかし心もそぞろになっておりますこの者は、あなた様が慰めておやりにならなければならないものだと思います。

和泉はまたこんな手紙を宮へお送りした。

宮は新しい情人に焦《こが》れておいでになりながらも、和泉をお訪ねになる喜びを続いてお得《え》になることがむずかしかった。三十日に和泉は、

郭公世にかくれたる忍《しの》び音《ね》をいつかは聞かん今日し過ぎなば

という歌を帥の宮家の例の童に託した。しかしその日は伺候してくる人が後から後

からとあって、童はそれを宮の御覧に入れる機会がなかった。翌日の早朝に童はようやく役を済ませた。

忍び音は苦しきものを郭公こだかき声を今日よりは聞け

という宮のお返しがあって、二三日してから和泉のところへおいでになった。和泉はある寺へ参詣を思い立っていたのでもあり、宮のおん志に恨めしさをもたないでもないところから、冷淡であると宮がお思いにならない程度のおもてなしをしてお帰ししようと思ったのであった。つまり和泉は仏に託して恋をしない前の二人に帰ろうとしたのであった。

翌朝の宮のお手紙には、

自分のためには意外とも情けないともいいようのない一夜《いちや》であった。

などという一節《いっせつ》があった。

いざやまたかかる思ひを知らぬかな逢ひても逢はで明くるものとは

という御歌もあった。和泉の心はすっかりと折れてしまった。しかし御返事には、

世とともに物思ふ人は夜とても打解《うちと》けて目の逢ふ時も無し

私《わたくし》にはいつものことでございました。

と皮肉なようなことを書いた。

そのまた翌日、

今日はいよいよ参詣に出ますか。そして私の恋人はいつ帰るの。

その間《あいだ》がまたどんなに長く思われるでしょう。

こんな宮のお手紙を和泉は得た。

折過ぎばさてもこそ止《や》め五月雨《さみだれ》の今宵《こよひ》あやめの根をや引かまし

こんな歌を宮へお送りしておいて、和泉は洛外《らくがい》の寺へ行った。そして二三日の後《のち》に京《きょう》の家へまた帰った。宮から、

非常に逢いたいのですが、いつかの夜のような恥をおかかせになったものだから、臆病になって家《うち》にじっとしています。あなたのせいであることにまで、あなたからは私の恋を疑われることになるのではないかなどと思われます。

つらけれど忘れやはする程経《ほどふ》ればいと恋しきに今日は負けなん

私の愛の深さを、しかしあなたは察せられるでしょう。

こんなお手紙が来た。和泉は、

負くるとは見えぬものから玉かづら問ふ人すらも絶間《たえま》がちにて

と御返事をした。

宮は例のような御微行で和泉の家へおいでになった。女は失望することに馴《な》らされて、恋しい宮のおいでをよもやと思って心待ちもしていなかった。それに参籠中《さんろうちゅう》の疲れも出てすっかりと寝入っていたのであった。侍女も誰一人門《かど》の叩《たた》かれる音に驚いて目を醒《さま》す者はなかった。宮は和泉の素行について世間でいっている噂も御存じなのであるから、情人の一人が来て泊っているのであろうと推測遊ばして、そのままそっとお帰りになった。

その翌日の宮のお手紙は、

開《あ》けざりし真木《まき》の戸口に立ちながらつらき心のためしとぞ見し

恋の悲哀とはこんなものかと思いましたよ。しみじみと我身が憐《あわれ》まれもしました。

というのであった。昨夜《ゆうべ》門《もん》まで宮のおいでになったことを和泉はこれではじめて知ったのである。不用意に寝入ったことが口惜《くや》しく思われた。

いかでかは真木の板戸もさしながらつらき心の有り無しを見ん

無情な者と決めてお帰りになりました心も、皮を剝《は》いでみて頂きとうございましたものを。

和泉はこんな御返事をした。宮はこの夜も和泉に逢いにゆきたく思召したが、侍臣《じしん》の誰彼《たれかれ》や乳母《うば》の諌《いさ》めをお思いになり、御兄《おんあに》の東宮《とうぐう》や外戚《がいせき》の大臣への聞えをお憚《はばか》りになっては、それもおできにならないのであった。

雨続きの陰鬱《いんうつ》なころを和泉は帥の宮の御上《おんうえ》ばかりを思って暮した。しかも悲しく終るべき恋として片時もその苦痛を思わないではいられないのである。自分は世間で噂されるとおりの放縦《ほうじゅう》を幾年《いくねん》かしてきた女である。そうではあるが、今の自分はそのころの相手の誰一人にも恋を続けているのではない。自分は満身の愛を帥の宮にお捧《ささ》げしているのである。処女《しょじょ》の恋に少しも変らない全《まった》い心を捧げているのである。しかしそんなことは世間で認めてくれるものでもなければ、宮にも理解して頂けることでもないと和泉ははかなまれるのであった。宮から、徒然《つれづれ》な雨《あま》の日をどうして暮していますか。

大方《おほかた》にさみだるるとや思ふらん君恋ひわたる今日のながめを

こんなお手紙が来た。自分の恋の心が通じたのかと和泉は身に沁《し》んで嬉しく思われた。

忍ぶらんものとも知らずおのが唯《た》だ身を知る雨と思ひけるかな

こんな返歌を書いて、もう一枚の紙にまた、

ふれば世にいとど憂身の知らるるを今日のながめに水まさらなん

いつお目にかかれるのでしょう。

と書いた。宮から折返して、

何せんに身さへ捨てんと思ふらん天《あめ》の下には君のみや経《ふ》る

思うようにならないのが人の世である。あなたのためにも自分のためにも。

こんなお手紙が来た。

五月六日《むいか》になった。雨はまだ止まない。この前に和泉の書いた手紙を哀れに御覧になった宮は、大降《おおぶ》りのした夜が明けるとすぐ、

いかばかりの心細き思いをして夜を明し給いけん、恐《おそろ》しき雨、疎《うと》ましき雨にて候いし。

などという真心の籠《こも》った手紙をお送りになった。

夜もすがら何事《なにごと》をかは思ひつる窓打つ雨の音を聞きつつ

君に思われ参らせてある身ぞとは思い知らぬにてもなき私《わたくし》ながら、怪《あや》しきまで心細く候《そろ》。

和泉からのこの返事を御覧になって、宮はまた、

われもさぞ思ひやりつる雨の音をさせるつまなき宿はいかにと

という歌をお送りになった。昼ごろに加茂川《かもがわ》が増水したと洛中《らくちゅう》の人々が騒ぎ出した。宮も加茂川を見においでになった。そしてお帰りになってから、

私は今水の出た川を見て帰ったところです。あなたはどんな思いでいますか。

大水《おほみづ》の岸つきたるに比ぶれど深き心は猶《なほ》ぞまされる

解っていてくれるか、どうだか。

こんなお手紙を和泉へお送りになった。

今はよもきしもせじかし大水の深き心は川と見せつつ

お言葉ばかりでは仕方がございませんのね。

和泉はこうお返しを書いた。宮が和泉のところへおいでになろうとして、薫物《たきもの》の火入《いれ》などをお取り寄せになって、お身仕度《みじたく》をしておいでになるところへ、侍従《じじゅう》の乳母《めのと》が出てきた。

「何方《どちら》へお出かけになるのでございますか。私《わたくし》はそのお出掛け先をよく心得ております。何ほどの身分ももちませんあの女を御寵愛《ごちょうあい》遊ばしたく思召すのでございますなら、なぜこちらへ呼んでお召使いにならないのでございますか。あのような階級の女のために軽々《かるがる》しい御微行を遊ばしますのはなにごとでございます。そのなかでもあの人は幾人《いくにん》も幾人も男をもっている女でございます。そういう男どもの嫉妬からどんな御災難にお逢いになるかもしれません。全体こんなことは皆あの右近の尉がおさせ申しますことに違いございません。弾正《だんじょう》の宮様のお不身持《ふみもち》のお手引をいたしましたのもあの右近の尉でございます。宮様、よく思召して御覧遊ばしまし。夜夜中《よるよなか》にお出歩きになりまして、それから好《い》いことが湧いて参りましょうか。お供をする者などはすぐ関白《かんぱく》様《さま》へ、どこそこへこうこうと申すに違いございません。世の中はいつどう変動するかもしれないということをよくお心に入れておおき遊ばしまし。皇儲《こうちょ》の御位《みくらい》をあなた様は御自身とは遥《はる》かなところにあるものと思召しますか。御祖父《ごそふ》の入道様《にゅうどうさま》はあなた様がお可愛《かわゆ》くてならなかったのでございます。今の関白様などという御子息方にどんな御《ご》遺言《ゆいごん》をなすったと思召しますか。私《わたくし》は申し上げます、御運命の白黒がもう少しはっきりといたしますまでのあなた様はあくまでお謹み深くおいで遊ばさなければいけませんー」

と乳母は情理を尽して申し上げるのであった。

「私はどこへも行こうとはしてやしないよ。おまえの心配していることはあまり大きすぎるよ。私は閑暇《ひま》なものだから面白い女とちょっとした関係を作っているまでなんだよ。人にかれこれと噂をされるほどのことでもなんでもない」

宮はこうおいいになったのであるが、この恋を仮にも卑しくして見ることは堪《た》えがたいことであると思召した。自分が認めている和泉はともかくも女として立派な人間であるから、実際手許《てもと》へ呼んでおいたらいいかもしれないと宮はお思いになったが、そうしたらまたどんなに針小棒大《しんしょうぼうだい》な噂が自分達二人から生れるかもしれないと疎ましくも思召されるのであった。こうしてまた宮は和泉を御覧になれない日ばかりをお送りになった。

宮はようやくある日に和泉のところへおいでになった。

「こんなに長くよう来ないでいることを私の本心からしていると思ってはいけないよ。私の恋をこんなものと思ってくれては困る。しかし罪はあなたのほうにもあるのだと私は思う。私とあなたとの関係から私を恨んでいる人が幾人《いくたり》もあってね。あなたのところへ来るのをその口実で止《と》められるのが私には一番辛《つら》いんだよ。私はそうでなくてさえも忍んで人のところへ出てくることの困難な人間なんだからね、いっそう気が使われるのだよ。そうしてあなたに淋《さび》しい恨めしい思いばかりをさせることにもなるんだよ」

などと宮はしみじみとお話しになった。

「さあ、これからいっしょに出掛けないか、誰もいないところへ今夜だけあなたを伴《つ》れていって、気長に話でもしようと思う。どうです」

とおいいになって、宮は車をすぐ縁へお寄せさせになった。和泉は考える間《ま》もなく車上の人になってしまった。しかし途々《みちみち》和泉はこんなことも人に知れずに済むわけはないなどと、いろいろな取越苦労がされた。夜が非常に更けているために宮家の門を入ってゆく車を咎《とが》める侍もなかった。両側の部屋部屋《へやべや》に人の住んでいない廊《ろう》へわざと宮は車をお付けさせになった。

「月が明るくて危《あぶな》いことなんかはないからお降《お》りよ」

と宮がおいいになったので、和泉は我《わ》れと我《わ》がすることを腑《ふ》に落ちないように思いながら車から降りた。

「誰方《どなた》もいらっしゃらないところなんでございますか」

「そうだよ。これからはここを逢う場所に決めておこうね。あなたのところは誰かほかの男が来やしないか、隠れて見てやしないかと始終気が置かれて、落ちついていることができないから」

こんなことも宮はお言いになった。

夜明になって車が廊へ呼ばれた。和泉は密《ひそ》かにそれに乗って帰るのであった。

「私が送ってゆきたいのだが、そのうち明るくなるだろうから、帰ってきた時にどこかで泊ってきたのだと思われてはつまらないからね」

宮はこういっておいでになった。和泉は女としてあるまじい朝帰りを、人はなんと思うであろうと恥《はずか》しくも苦しくも思われたが、朝の薄明りの中の宮のお姿のお美《うつ》くしかったことを思っては、何も何も物の数とも思われないのであった。

宵毎《よひごと》に帰しはすれどいかでなほ暁起きは君になさせじ

はじめて苦しい経験をいたしました。

こんな手紙を和泉は宮へお上げした。

朝露の送る思ひに比ぶれば唯《た》だに帰らん宵はまされり

苦しいなどということはお互いの中に封じてしまいましょう。今夜は方角塞《ふさが》りで私はともかくも家《いえ》にいるものと皆から思われているから幸《さいわい》なんです。きっとまた迎いにゆきます。

和泉は宮のこんなお手紙を得た。和泉は宮のおいいになることを嬉しいとは思いながらも、こうしたことが習慣となって続くのはいいことであるとも思われなかった。

宮は例の御微行の車でおいでになった。宮は車の中から、

「早く、早く」

と和泉の出るのをお促しになった。女は侍女の手前を恥じながらも恋しい御方《おんかた》の傍《そば》へ行った。行先は宮家の昨夜《ゆうべ》の細座敷であることはいうまでもない。

夜明には時を告げた鶏《とり》を憎いもののように宮は仰《おお》せになりながら、和泉を車に乗せていっしょにお出になった。途々宮は、

「私が迎えにゆく時にはどんなことがあっても出てくることにしておおき」

こんなことをおいいになった。

「始終は出て参れますかしら」

と和泉はいっていた。

宮はお帰りになってから、

私は今朝啼《な》いた鶏が恨めしかったから殺しましたよ。見て御覧。

殺しても猶《なほ》飽かぬかな寝《ね》ぬ鶏の折ふし知らぬ今朝の初声

これをその鶏の羽へ書いて和泉へお送りになった。和泉は、

いかがとは我こそ思へあさなあさな啼き聞かせつる鶏を殺せば

可哀相でございますね。

と御返事を書いた。
二三日《にさんにち》して月のよく澄んだ夜に、和泉は縁《えん》近く出て庭を眺めていた。宮から、

月を見ていますか。

わが如《ごと》く思ひは出《い》づや山の端《は》の月にかけつつ歎く心を

こんなお手紙が来た。常にもまして和泉はこのお手紙を身に沁むように思った。忍び場所で人に見られないかと月の明るいのを憚ったことが思い出されるのであった。

一夜《ひとよ》見し月ぞと思へど眺むれば心も行《ゆ》かず目は空にして

という返歌だけを和泉はお使《つかい》に持たせて帰した後《あと》で、独りつくづくと月夜の景色に対していた。そのうちに夜が明けた。

その翌夜《よくや》、宮は和泉の家へおいでになった。和泉は妹を別殿《べつでん》に住ませてあるので、その妹のところへ通ってきている情人の車が一つ庭に置かれてあった。

「先客があるようでございます。車が一つございます」

お供の一人が宮へこう申し上げた。

「ではいい、黙って帰ろう」

と宮はおいいになった。人の噂どおりなことをしている女であると、宮はお心の中で和泉をお蔑《さげす》みになった。お口惜《くや》しさ、腹立たしさもお感じにならないわけにはゆかなかった。しかしまだ宮は和泉と別れようとは思召さなかった。翌日は手紙をお書きになった。

昨夜《ゆうべ》私の行ったということだけは聞きましたか、またそれにも気がつく間がなかったかもしれない、とこう思う私の胸のうちを察して下さい。

松山《まつやま》に浪高しとは見てしかど今日のながめはただならぬかな

これは雨の降る日のことである。和泉は誰かに中傷されたのではないかと思った。

君をこそ末の松とは思ひつれひとしなみには誰《たれ》か越ゆべき

とお返しした。

宮はいつかの夜《よ》のことがお恨まれになって、長く和泉へ消息をお遣《つか》わしにならなかった。ある日、

つらしともまた恋しともさまざまに思ふことこそ暇《ひま》なかりけれ

こんな歌を一つだけお送りになった。和泉はいいたいことがあるのであるが、いいわけがましいことをするのも恥しくて、ただ、

逢ふことはとまれかくまれ歎かじを恨み絶えせぬ中《なか》となりせば

という一首をお返ししただけであった。

それから後《のち》、宮のお手紙は稀々《まれまれ》にしか和泉へ送られなかった。女はある月の晩に堪えがたい悲しさを覚えて、

月を見て荒れたる宿にながむとは見に来《こ》ぬまでも誰に告げよと

この歌を宮へ奉ろうとした。使っている下童《しもわらべ》を呼んで、

「帥の宮様へ上ってね、右近の尉に渡しておいで」

といって出してやった。

宮はお居間で伺候の公達《きんだち》などとお話をしておいでになったが、その公達が帰ってから、右近の尉のさし上げた和泉の消息を御覧になった。

「いつもの車の用意をさせてくれ」

と宮は右近の尉へお命じになった。

和泉はまだそのまま月を眺めていたのであったが、庭へ人の入ってくる様子を見て御簾《みす》を下《おろ》させた。宮のお姿はきらきらしい御装《おんよそお》いでもなく、御平常着《ごふだんぎ》の柔《やわら》かな直衣《なおし》であった。それがどんなにお美くしいお顔にうつりよく思われたかしれない。宮はなんともお言葉をお掛けにならずに、お供の一人に扇の上へ載せたお文を御簾からお入れさせになった。

「お使がすぐ帰ったものですから」

とその男はいった。和泉は奥のほうへ身を引いていたのであるが、こちらも扇でお文を引き寄せて取った。宮は上へお上りになろうという思召らしい。植込《うえごみ》の草花の中をあちこちとお歩きになりながら身に沁む古歌などをお口誦みになった。

宮は縁《えん》へお上りになって、

「今夜は帰るよ。そっと来たつもりだったけれど、こんな月夜には隠れおおせないからね。それに私は明日《あす》が謹慎日なのだから家《うち》にいないではいけないからね」

といって、すぐお立ちになろうとした。和泉は悲しさに、

こころみに雨も降らなん宿過ぎて空行く月の影や留《とま》ると

こんな歌を申し上げた。この女は人のいうような擦《す》れからしでもなんでもない、自分を思ううえにきわめて純粋な分子があると宮は哀れにお思いになった。

「やっぱり私のあなただ」

こうおいいになって、宮は和泉の手をお取りになった。

あぢきなく雲井《くもゐ》の月に誘《さそ》はれて影こそ出《い》づれ心やは行く

この歌をお呟きになって宮のお帰りになった後《あと》で、女はまた御簾を上げさせた。それは月のひかりで先刻《さっき》の文を読むためであった。

我ゆゑに月を眺むと告げつればまことかと見に出《い》でて来にけり

と書かれてあった。自分を怪《け》しからぬ女であると思召した宮のお疑いはもう解けたのであると、和泉は嬉しく思った。

宮も相手にしがいのある女と認めておいでになるところから、情人の一人としていつまでも愛しようと思っておいでになった。しかし恋人同志のなかの平和はきわめて短い時の間《ま》よりなかった。

「このごろ和泉は源少将《げんしようしよう》と関係をしているそうでございます。少将は昼間通ってゆくそうでございます」

こんなことを宮へ申し上げた人があった。同じ席にいた一人は、

「あの女は兵部卿《ひようぶきよう》の情婦《じようふ》でもあるのです」

と申し上げた。宮はまた浮気女を疎ましく思召して久しくお音信《おとずれ》を遊ばさなかった。和泉の家へ例の童侍が遊びにきた。和泉の使っている下童とは仲が好《い》いのでいろいろな話をし合った。

「宮様のお手紙を持ってきたの」

「いいや、いつか宮様のおいでになった時に、前から来ていた車があったのでね、それでね、それからはお手紙なんかもお出しにならないのだよ。誰かほかから通ってくる人があるのだとおかんづきになったのだって」

童侍はこんなことを喋《しやべ》って帰った。その話はすぐ和泉の耳へ入った。捨てられたといっても、もともと良人《おつと》とお思いした仲でもなし、物質的の保護を受けなければならない自分でもないから、みじめな人になったわけではないが、それは表面のことで、自分の心は時々の宮の御消息を糧《かて》にしてただ生きていたのに違いないのを、それを奪

われたことは苦痛ともなんともいいようのないことである。しかも現在の自分には覚えのないことが原因になっているのであると思うと、和泉は悲しくて悲しくてならなかった。そのうち宮からお手紙が来た。

少し病気をしていましたから御無沙汰になっています。いつか行ったのでしたが、その時もまた差し合いがあって帰ってきました。そんな時々の私の失望を察して下さい。どんなに自分が憐まれるでしょう、一人前の人間らしくないとも思われるのです。

よしやよし今は恨みじ磯《いそ》に出《い》でて漕《こ》ぎ離《はな》れ行《ゆ》く蜑《あま》の小舟《をぶね》を

和泉は次のような返事を書いた。

あさましい噂を信じておいで遊ばすのですから、その私が何を申しましてもただただ御嘲笑の種になるとより思われません。私はそれが悲しくてもう永遠《えいえん》にお手紙はさし上げないつもりでございますが、今度だけはと存じましてこれを書きました。

袖の浦に唯だ我が焼くと塩たれて船流したる蜑とこそなれ

七月になった。七日《なぬか》には和泉のいわゆる男の友人から心をそそるような歌や手紙がたくさん来た。しかし今の和泉の心はその中のどれにも動かなかった。前に帥の宮はこんな日などによくお音信《たより》を遊ばしたのであるが、それがばったりと止《や》んでしまったということばかりを和泉は歎かわしく思っていた。そこへちょうど宮のお手紙が来た。

思ひきや棚機《たなばた》つ女《め》に身をなして天《あま》の河原《かはは》を眺むべしとは

というお歌だけであったが、やはり思い出して頂けたのである、宮は自分をお忘れにならなかったのであると和泉は喜んだ。

眺むらん空をだに見ず七夕《たなばた》にあまるばかりの我身と思へば

宮はこの返歌を御覧になった時、自分にはとうてい捨てられない女であると思召した。月末《つきずえ》になってから、宮は、

時々は私をも情人の一人だと思って音信《たより》をして下さい。

こんなことを和泉へいっておよこしになった。

寝覚めねば聞かぬなるらん荻風《をぎかぜ》は吹かざらめやは秋の夜《よ》な夜《よ》な

女はこう御返事をした。宮は折返して、

荻風は吹かばいも寝で今よりぞ驚かすかと聞くべかりける

という歌をお遣《つかわ》しになった。そして二三日経《た》った夕方に俄《にわか》に宮のお車が和泉の家へ付けられた。まだこれほど明るい時にはお逢いしたことがないので、和泉は恥しく思った。

それからまたふっつりと宮の御消息がなかった。和泉は自身の衰えようとする容色を悲《かなし》んだ。

つれづれと秋の日頃の経《ふ》るままに思ひ知らせぬ怪しかりしも

よくよく思い知り候《そろ》。御心《みこころ》のうちも、はた我身のなれる果《はて》も。

こんな手紙を和泉は宮へ差上げた。

また逢いによう行かないことになりましたが、心は、

人はいざわれは忘れず日を経《ふ》れど秋の夕ぐれありし逢ふこと

こんなものです。

という宮の御返事を眺めながら、こうした恋をただ生命《いのち》にして日を送っている自分

というものほど頼りない者はあるまいなどと思った。はかない生涯であると思った。定《さだま》った良人という者もなく、将来に何が待っているとも思われない自身をあさましくも感じた。

八月になった。和泉は無聊《ぶりよう》な心を慰めるために近江《おうみ》の石山寺《いしやまでら》に参籠しようと思って家を出た。宮は和泉へ久しく消息を遊ばさなかったことをお思い出しになって手紙をお書きになった。例の童侍を召して使いにゆくことをお命じになったが、

「私はこの間ちょっと寄ってみましたのでございますが、あのお方様《かたさま》はお留守でございました。石山へおいでになったそうでございます」

と童は取次ぐ侍女にいった。

「そうか。では今日はもう日が暮れているから、明日《あす》早く石山まで行け」

宮はこう重ねてお命じになった。

童侍が翌日石山へ来た。和泉は参籠していながらも京の家ばかりが恋しかった。はじめのとおりに師の宮に愛されていたなら、自分はこの石山までさまよってくるような心にはならなかったであろうなどとばかり思われた。それにつけてまた仏に祈誓《きせい》も多く掛けられた。堂の外を和泉が眺めていると高欄《こうらん》のところへ人が出てきた。それが宮家の童であった。女の胸は轟《とどろ》いた。

「何をしに来たの」

と和泉は侍女に問わせた。童から得た手紙を和泉は常よりも急いで封を切った。

結構な思い立ちでしたね。けれどなぜ行くということだけぐらい私にいってくれなかったのですか。仏の道を一心に進んでゆく妨げになるまではもとよりあなたに思われているはずはありませんが、せめて寺へ行くことだけでも報《しら》せておいてほしかったと思います。

関越えて今日ぞ問ふとや人は知る思ひ絶えせぬ心づかひを

いつ帰りますか。

近いところにいる時にも稀なお手紙を、こうした遠いところで得た和泉は嬉しく思わないでいられなかった。

近江路《あふみぢ》は忘れぬめりと見し程《ほど》に関うち越えて問ふ人は誰

寺を出ます日をはじめから決めて来なかったものですから、只今《ただいま》のところではまだいつまでおりますとも確かなことは申し上げられません。

山ながら海は漕ぐとも都へは何か打出《うちで》の浜は見るべき

この和泉の返事を御覧になった宮は、

「苦しいだろうが辛抱してもう一度石山へ行け」

と童に仰せになって、またお手紙をお書きになった。

私のほうに疚《やま》しいところがあるとはいうものの、あまりに物足りない返事ではありませんか。

尋《たづ》ねゆく逢阪山《あふさかやま》のかひもなくおぼめくばかり忘るべしやは

いつも私は、

憂きにより磯屋《いそや》ごもりと思ふとも近江の海はうち出《い》でて見よ

こんなことをいってあなたを慰めなければならないのですね。まったく。

和泉は言葉を多く書かずに、

関山《せきやま》のせきとめられぬ涙こそ近江の海と流れ出《い》づらん

という歌をお返しに書いた。そしてまた端《はし》に、

こころみよおのが心も試《こゝろ》みんいざ都へと来て誘ひ見よ

とも書いた。

宮は石山まで和泉を迎えにお行きになることなどは夢想も遊ばさないことであったが、こういわれみれば行かねばならないであろうかなどと心を迷わしておいでになっ

た。そのうち和泉は京へ帰った。

試みに迎えにくるがいいと、あなたは面白い問題を私に出してくれましたが、急にお帰りになったというから、その問題も無駄になってしまいました。

あさましや法《のり》の山路《やまぢ》に入《い》り初《そ》めて都へいざと誰《たれ》さそひけん

宮からこう和泉へいっておよこしになった。御返事に和泉はただ、

山を出《い》でてくらき道にぞたどりにし今一度《ひとたび》の逢ふことにより

とだけ申し上げた。月末になって野分《のわき》めく風が荒く吹く雨の日に、和泉が平生《ふだん》よりも心細い思いをしているところへ、宮からお手紙があった。この折をよくお察しになったお志が嬉しくて、和泉は積る恨めしさをも捨てたくなった。

歎きつつ秋の御空《みそら》を眺むれば雲うち騒ぎ風ぞ烈《はげ》しき

これは宮からのお歌である。御かえし、

秋風はけしき吹くだに恋しきにかき曇る日は言ふかたぞ無き

実感であろうと、宮はこの歌を哀れにお思いになった。しかし逢いにお行きになることは周囲の御事情が許さなかった。

九月の十日《とおか》過ぎの明方《あけがた》近い宮のお寝醒《ねざ》め心《ごころ》に和泉のことがお思われになった。長く訪《と》わないでいるが、この有明月《ありあけづき》を見ているであろうとお思いになると、なにごとはあっても行かねばならぬというようなお気持におなりになった。宮は例の童侍一人を供にお伴《つ》れになって和泉の家の門《かど》へお立ちになった。

門《もん》の叩かれる音がする。和泉はその前から目を覚《さま》していろいろの物思いに囚《とら》われていたのであった。秋という時のためにか分けてこのごろは毎日物思いが仕続けられた。門の音を、今ごろ誰であろうと和泉は思った。すぐ前に寝ていた女を起して用を聞かせようとするのであったが、急に眠《ねむり》から覚めてくれない。ようよう起きた女はまた侍を呼びにいった。侍達もそのうちに起きたが、うろうろとしているばかりで、気を利《きか》せて門へ出てみる者もない。門の音はもう止んでしまった。客は帰ったらしい。皆が眠っていると思って、いぎたない呑気《のんき》な家であると思ったであろうと和泉は思った。自分のように今ごろよう眠らないでいる人があったのであろうか、誰であったのであろうと思っていた。ようやく門を開けた侍は外に人のいないのを見て、「かなわない、夜だけでももう少し落ちついていてほしいものだ。がさがさとしたこの邸《やしき》のお付きさん達だ。ありもしない音を聞いて門を開けよなどとおっしゃる」などとつぶやいていた。和泉はそのまま起きていた。霧の深い空を眺めているうちに少し明るくもなってきたので、この夜明の心持ちを散文に書いているところへ宮からお手紙が来た。

秋の夜の有明の月の入《い》るまでにやすらひかねて帰りにしかな

というお歌だけである。やはり宮でおありになったのである、どんなに風流気《ふうりゆうぎ》のない自分だとお思いになったであろうと、和泉は思うのであったが、この夜明の身に沁む気色《けしき》を、自分というものと関聯《かんれん》のあるものとして宮がお味《あじわ》いになったということが何よりも嬉しく思われた。和泉は手習いのようにして書いていた文章をお返しの手紙のように畳んで宮へお上げした。

風の音が強くて、木の葉《こは》は一つも残るまいと思われる朝である。恐ろしいほど黒い雲が出ると思ったが、雨はただほんのぱらぱらと降っただけで止んだ。これも心に哀れを添えるものと自分は思った。

秋のうちに朽ちはてぬべしことわりの時雨《しぐれ》に誰か袖を仮《か》らまし

こんな歌を一人で考えていた。草の色も木々の梢《こずえ》の色も自分の恋人の心に似て今は変ってゆきそうである。続く時雨に逢った後《あと》の景色も哀れに想像された。こんな自然に対しても自分は悲しいことばかりが思われてそのまま縁近いところで横になっていた。自分はこの先もう生きていられるかどうかというような心細い思いもされて、自分というものの運命を悲しまずにもいられなかった。上の空を雁《かり》が幽《かす》かに啼《な》いて通った。世間の人は皆自分のような感傷的な気分にならないでいられるのであろうかと堪えがたく思った。

まどろまであはれ幾夜《いくよ》になりぬらん唯《た》だかりがねを聞くわざにして

起きてしまおうと思って妻戸を押し開けた。西に傾いた月が遠く空に懸《かか》って、霧の降る中に鐘の音《おと》と鶏の声が交って響く。自分はこんな身に沁む景色に逢ったことはない、これからもないであろうと思った。袖は涙で冷たくなっていた。

我ならぬ人もさぞ見ん長月《ながつき》の有明の月に如《し》かじ哀れは

今この門を叩く人があったなら、どんなに身に沁んで思われるであろうとも自分は思った。恋人を傍《そば》にしないでただ一人こうして自然と向い合っているのは自分だけであろうというような気もするのであった。

よそにても同じ心に有明の月を見るやと誰《た》れに問はまし

この歌は宮へお上げしたいと自分は思った。

これがその文章である。門までおいでになったということを知って和泉はこれをお上げしたのであった。宮はこの返事に歌をまたお遣しになった。その使の来たころにも和泉はまだ外の景色を眺めたままでいた。

秋のうちは朽ちけるものを人もさはわが袖とのみ思ひけるかな

われならぬ人も有明の空をのみ同じ心にながめけるかな

外《よそ》にても君許《きみばか》りこそ月は見めと思ひて行《ゆ》きし今朝《けさ》ぞ苦しき

ほかにまだ二首のお歌があった。その後《あと》へ、

どうしてもあなたの家《うち》の門は開《あ》きませんでした。

と書かれてあった。女は張合《はりあい》のある気がして嬉しかった。月末になって和泉のところへ宮からお手紙が来た。常に逢いたく思うというようなことが書かれて、それから

妙なことをあなたにいうが、私にちょっとした関係のあった人が今度遠国《えんごく》へ行くことになったのです。身に沁むようなことを私は一言《ひとこと》別れる女にいってやりたいのです。けれどそんな作は私にできない。あなたから貰《もら》うものにはいつもその魅力が満ちているから、それであなたに一首だけその代作を頼もうと思うのです。是非承知して下さい。

こんなことも書かれてあった。得意顔に御代作をするということも恥かしいことであると和泉は躊躇されるのであるが、自分にはどうしましてなどといってお断りすることも悧口《りこう》ぶった女のすることであると思うと、それも厭《いや》に思われた。ただ

これにて御心にかないぬべきや否《いな》や覚束なく候えど、

惜《をし》まるる涙に影はとまらなん心も知らず秋は行くとも

濃《こま》やかなる御情《みなさけ》を現わし候ことを私《わたくし》にせよと望ませらるるはあまりの御無情に候。

こう和泉は書いた。またその端《はし》に、

君を置きていづち行くらん我《われ》だにもうき世の中に強《し》ひてこそ経《ふ》れ

という歌をも書いた。

宮から、

代作に満足しましたというだけでいいでしょう。自分の思想をよくああまでに現わしてくれたなどという礼の言葉をあなたに受取らせようとは思いません。

うち棄《す》てて旅行く人はさもあらばあれまたなきものに君し思はば

私は代作に満足し、そしてまたあなたの恋に満足しています。

といっておよこしになった。

十月になった。十日過ぎに宮は和泉のところへおいでになった。奥はあまり暗くて恐しい気がすると仰せになって、宮は縁近い座敷で女とお語りになった。宮のお口からは情《じょう》に富んだ御言葉《みことば》が多く出た。外を見ると月のある空が曇って時雨が通ってゆくのであった。わざわざ作ったような背景であると女は思った。昨日までの歎き、現在の歓楽、未来の不安などを思う時、和泉は心が寒くなって慄《ふる》われた。この恋に身も生命《いのち》も忘れている女の様子を宮は御覧になって、この人はなぜ多くの敵をもっているのであろう、どういうわけで無実な噂を立てられる人なのであろうと哀れにお思いになった。眠ったようにしてじっと考え込んでいる和泉の肩をお揺《ゆす》りになって、

時雨にも露にもあらで寝たる夜《よ》は怪しく濡《ぬ》るる手枕《たまくら》の袖

という歌をお唱きになった。和泉は胸が充満《いっぱい》になって御返事ができないのであった。月影に女の顔の涙ばかりが光って見えた。宮はじっとそれを御覧になった。

「なぜ返辞《へんじ》をしてくれないの、私というものが癪《しゃく》に障るの」

とおいいになった。

「私はね、どうしたのでございましょう。胸が無茶に掻《か》き乱されて苦しくて苦しくてならないのでございますよ。おっしゃいますことだけは耳に聞えますけれど」

女はまた少し微笑んで、

「ねえ、覚えていらしってくださいな、私はね、手枕の袖とお言いになりました今晩のお歌をいつまでもよう忘れないでおりますよ」

といった。惜しい夜が明けて宮はお帰りになった。宮から今朝の気分はどうかとすぐ尋ねておよこしになった。その御返事を和泉は、

今朝の間に今は干《ひ》ぬらん夢ばかり寝《ぬ》ると見えつる手枕の袖

とした。忘れまいと女のいった手枕の袖という句のあるのに宮はお微笑みになった。

夢ばかり涙に濡ると見つらめど乾《ほ》しぞかねつる手枕の袖

昨夜《ゆうべ》ほど哀れな秋の夜はなかったように自分の思ったのは所がらでしょうか。

宮はまたこんな手紙をお送りになった。

宮はそれからしげしげと和泉のところへお通いになるようになった。和泉の性格も

しだいに御理解がお出来になるようになった。この女は決して世間でいうような人擦れしきった女でもない、男を弄《もてあそ》ぶという種類の女でもない。ただ気の弱い一方《いっぽう》の女である、過失があるならそれは皆感傷的な性情から起ったことに違いないと、宮はお点頭《うなず》きになるのであった。宮はこの恋を遠い未来へかけて変えまいと常に和泉においになった。

「こうしてあなたを一人置いておくことは私にとって忍ばれないことだ。私も心だけでは毎日でも来ていたいが、そうもならないからね、だからね、思いきって私のところへ来てはどうだろう。あなたが世間からいろんなことをいわれる原因も、つまり独《ひとり》身《み》で気ままな生活をしているからなんだ。それが好《よ》くないんだ。私は人のいうようなあなたの友人が出入《ではい》りしているのは一度も見たことはないがね、それは私が始終来ていないからかもしれないけれど。とにかくあなたは実際以上の不愉快な噂をもっている気の毒な人なんだ。それからね、私がいつもこの家を出てゆく時、あなたのことが気に懸って悲しく思われてならないのも、あなたが一人ぼっちの人だからだと思う。私をのろい男だからと人が思うかもしれないけれどね。そうなんだよ。私だってこうして逢いにくることはいつ第三者のために遮られることかもしれないのだからね。あなたがいつも零しているような心細さを真実《ほんとう》に感じるのなら、二人のためにその決心をしてはどうだろう。私のところには多勢《おおぜい》の女達もいるけれど、あなたは別段気兼ねするほどのこともないだろうと思われる。私というものが大体女に思われる縁の少い人間だから、女達の部屋へ入り込んでいるようなことはあなたが見ようと思っても見られないことだよ。私は自分一人でいつも淋しい顔をして仏勤《ほとけづと》めなんかばかりしているのだよ。だからあなたが傍《そば》へ来ていてくれて、毎日趣味の合う話などをしていたらどんなに楽しかろうと思うのだよ」

こう宮は和泉へおいいになった。和泉は宮のお言葉に道理《どうり》が多いと思わずにはいられなかった。処女でもなく人の妻でもない自分にさまざまな風評の集《あつま》ってくるのは当然のことである。自分はいつも光のない世界のような生活をしているのである。自分は自分のためにこの生活から離れる必要がある。いまさらに妾《しょう》の名で若い貴人に引き取られてゆくようなこともしたくないと思うが、やむをえないことであろう。弾正の宮にお思われしていた自分が御弟の帥の宮のところへ参ったということで世間の譏《そし》りは受けるであろうが、それも仕方がない、そう心を決めようかと和泉は思った。宮に夫人はおありになるが、それは別の御殿に住ませておありになるのであって、お身の廻《まわ》りのことなどは皆乳母がお世話を申しているのだともかねて知っている。それについての苦労などは少い。また得意そうに宮の侍妾《じしょう》としているのではなくて、自分はただ陰に隠れておいて頂こうと思っているだけであるから、それほど憎まれないでも済むであろうと和泉は将来のことが思われた。独身《ひとりみ》の生活のために自然だらしなく男と関係するとおいいになる宮の御解釈は、いいわけをしないでおく方がいいであろうと思った。

「一人ぼっちの者の必ず受けなければならない運命に甘んじていましてね、ただあたが偶《たま》においで下さいますことだけを光明のように思って暮していたんでございますよ。あなたがこの境遇から私《わたくし》を救い出してやろうと思召しますなら、私は喜んでお手にすがりますわ。けれど私《わたくし》との関係が今までのように陰のことになっていましてもずいぶん御批難をお受け遊ばすのですから、私《わたくし》がいよいよお邸へ入って参りましたら、その声がいっそう高くなりはしないかと、それが心配でございます」

と和泉はいった。

「いろんなことはいわれるだろうが、それは私のことだ。あなたはそうなったからといって困る目に逢うこともないだろう。人から侮蔑《ぶべつ》される訳もないではないか。そのうちあなたを住ます静かなところを拵《こしら》えてから、またよく相談をしよう」

などと宮は頼もしいことをお言いになった。そしてまだ夜《よ》のうちにお帰りになった。

女はその後《あと》で先刻《さっき》の宮のお話についていろいろと思い乱れていた。今の自分が宮のおいでを得ることができないでも、それは人に笑われることもない唯事《ただごと》である。いよいよお邸へ入ってからなにほどの御愛《おんあい》も得られない日送りをすることになったらどんなにか恥かしく思われるであろうなどと思うのであった。そのうちにお手紙が来た。

露むすぶ道のまにまに朝ぼらけ濡れてぞ来つる手枕の袖

女は手枕という文字を嬉しく思った。

道芝《みちしば》の露とおきぬる人よりも我《わが》手まくらの袖は乾かず

これは返歌である。

その翌晩の月もよく澄んで明るかった。宮は早く和泉の家をお出になったために、邸へお帰りになってから月をお眺めになった時間のほうが長かった。そしてまだ早朝のうちに手紙を和泉へ遣わそうと思召した。例の童侍がまだ起きてこぬかと、そのために人へお尋ねになった。

和泉も霜の白い夜明の景色に驚いて文を書いた。

手枕の袖にも霜は置きけるを今朝うち見れば白妙《しろたへ》にして

宮は先《せん》を越されたようにお思いになって苦笑を遊ばした。

妻恋ふとおきあかしつる霜なれば

という句が御口《おんくち》に上《のぼ》った。そこへ童が出て参った。

「いけない、早く使に行《ゆ》かなければならない用があったのだ」

宮は御機嫌の悪い御様子で、和泉への手紙をお渡しになった。童は飛ぶようにして出ていった。

「こっちからのお使の参らないうちお召しになっていたのですが、私がぐずぐずとしていまして遅れましたものですから、宮様は大変御機嫌が悪うございました」

こんなことをいいながら童は宮のお手紙を出した。

昨夜の月は明るかったですね。

寝ぬる夜の月は見るやと今朝はしも起き居《ゐ》て待てど問ふ人も無し

いかにも自分の手紙の返事としてお書きになったものではないと和泉は思った。

まどろまで一夜《ひとよ》ながめし月見れど起きながらしも明かし顔《がほ》なる

と書いて、和泉はその後へ童を取成すつもりで

霜の上に朝日さすなり今ははやうち解《と》けにたるけしき見せなん

小《ちい》さい子が大変しょげております。

とも書いた。これに対して、

今朝のあなたのしたり顔を思うと腹が立ってならない。童をいつかの鶏のように

殺してやりたいとさえ私は思う。

朝日さし今は消ゆべき霜なれどうち解けがたき空のけしきぞ

こんな宮のお手紙がまた来た。

どうやら童はお殺しになったものらしゅうございますね。

君は来《こ》ずたまたま見ゆる童《わらは》をばいけとも今は云はじと思ふか

宮は和泉のこの手紙を見てお笑いになった。

ことわりや今は殺さじこの童忍びの妻の云ふことにより

あなたは手枕の袖を忘れたの。

こんな手紙をまたお書きになった。

和泉作

人知れぬ心にかけて忍ぶをば忘るとや思ふ手枕の袖

宮のおかえし、

物も云はで止みなましかばかけてだに思ひ出ましや手枕の袖

やっぱり忘れずにいましたね。

和泉のところへまた二三日宮から何のお音信《たより》もない。頼もしいあの御相談はどうなったのであろうと思って、女は夜も寝られないほど心ばかりが使われるのであった。目を覚したまま床《とこ》にいて、やっと夜が明けたかと嬉しく思うころに門を叩く音がした。今ごろ何が起ったのであろうと不思議に思いながら人を起して出すと、それは宮からのお文使《ふみづかい》であった。今ごろどうしてこれをお書きになるお心におなりになったのであろう、自分の心が通じたのかもしれないなどと、身に沁んで和泉は思った。妻戸が開けられて、月の光で手紙は読まれた。

見るや君小夜《さよ》うち更けて山の端にくまなく澄める秋の夜の月

こんなお歌であった。門は開けないでただお手紙だけを取り入れさせたのであるから、使を外で長く待たせることは気の毒であると思って、和泉はすぐにお返しを書いた。

更けぬらんと思ふものから寝られねどなかなかなれば月はしも見ず

宮はこれを御覧になって、同じところにいて始終この女に素早い歌の唱和などをさせてみたら面白いであろうと、この前の御計画を事実にする方法をお考えになった。

それから二日ほどして宮は女の乗った車のように外見をした車に召して和泉のところへおいでになった。昼間お目にかかるのはこれがはじめてであるので女はどぎまぎした。隠れてしまうような初心《しよしん》なこともできない、またあくまで打解けた恋仲と宮の信じておいでになることにも背くことになるからなどと心を引き立てて和泉は宮をお迎えした。

お通いの途絶えた間のお心持などを人懐しい御様子で宮は女に語ってお聞かせになった。

「この間話したようにすることを早くお決めよ。私はこうして隠れて来るのをきまり悪くも恥しくも思っているのだよ。そうかといって来ないでは生きがいもない気がするのだから、ねえ厭だねえ、世の中は。どうにかして苦労をせめて少くしようじゃないかねえ、お互いに」

「私はもういつでもお邸へ参るつもりでいるんでございますよ。けれど、またね、参ってからあなたのお心の冷たさに泣くようなことがありはしないかと、それが心配になってまいりましたの」

「まあ試して御覧、私の愛がどれほどのものであるかをさ」

こんな言葉が交換《かわ》された。宮は近い透垣の傍《そば》の檀《まゆみ》の木の少し紅葉《もみじ》したのを欄干《てすり》にもたれてお眺めになりながら、

ことの葉深くなりにけるかな

こんなことをお口誦みのように仰せになった。

白露《しらつゆ》のはかなく置くと見し程に

という和泉を宮はやはり趣味の女であると嬉しく思召した。宮は非常にお美しい。お召物は直衣であるが、下へお襲《かさ》ねになった物の色などの美くしさは、男はこうでなければならないと見恍《みと》れられるばかりでおありになった。和泉は自分の本質は人のいうとおりに浮気なのかもしれない、今宮をお眺めして恍惚《うっとり》としている自分の目そのものは確かに浮気な気に富んだものであるとも思った。

翌日宮のお手紙が来た。

昨日のあなたがあまりきまりを悪がって恥しそうにばかりしていたのを自分は物足りなく思いましたよ。けれどまた、あなたの心の中を哀れにも感ぜられました。つまり私を思ってくれるからだと思ったから。

和泉は、

葛城《かつらぎ》の神もさこそは思ひけめ久米路《くめぢ》にわたすはしたなきまで

どんなに苦しい思いをしましたでしょう。

と御返事を書いた。宮からまた折かえして、

行《おこな》ひのしるしもあらば葛城のはしたなしとてさてや止みなん

という歌が送られた。

宮のおいでになる日が多くなったので、和泉の物思いが少くなった。しかし一方では昔の馴染《なじみ》の男などから来る手紙も多いし、その人達の訪ねてきたりすることも少くないのを和泉は苦しく思っていた。早く宮のお邸へ入ったならこの苦痛だけは免《のが》れるであろうと思うのであるが、側目《わきめ》も振らずにその目的にばかり進んでゆくこともできなかった。ある霜の白い朝、

わが上は千鳥《ちどり》も点《つ》けじ大鳥《おほとり》の羽にも霜はさやは置きける

という歌を和泉は宮へお送りした。

月も見て寝にきと云ひし人の上に置きしもせじを大《おほ》とりのごと

こんな返歌をお遣しになっておいて、その日の暮に宮はおいでになった。

「今は郊外の紅葉の見頃だろうね、西山辺《にしやまへん》がいいだろうと思うよ。いつかいっしょに行ってみようじゃないか」

と宮はおいいになった。

「お供いたしますとも。嬉しゅうございます」

と和泉はいった。

紅葉見をお約束遊ばされた日に、宮から和泉のところへ、

突然謹慎日に出くわしたのです。今日の約束を反古《ほご》にするのが残念でなりません。

きっとこの次に決めた日にはいっしょに行きましょう。

といっておよこしになった。その晩はちょうど大雨になり、風も混《まじ》って、木に一枚の葉も残すまいとするように荒れ狂った。昨日山へ行くことのできなかったことばかりを和泉は残念に思って夜を明《あか》した。朝早く宮から、

神無月《かみなづき》世にふりにたる時雨とや今日のながめを飽かず見るらん

また残念にも思われます。

というお手紙が来た。和泉は、

時雨かも何に濡れたる袂《たもと》ぞとさだめかねてぞ我も眺むる

仰せのとおり、

もみぢ葉は夜半《よは》の時雨にあらじかし昨日山辺を見たらましかば

とも存じております。

宮はまた、

そよやそよなどて山辺を見ざりけん今朝は悔《く》ゆれど何《なん》のかひ無し
あらじとは思ふものからもみぢ葉《ば》の散りや残れるいざ訪ね見ん

といってお遣《よこ》しになった。

うつろはぬときはの山も紅葉せばいざかし行《ゆ》きてのどのどと見ん

どんなに滑稽《こっけい》でございましょう。

和泉がこう申したのに対して、

山辺には車に乗りて行くべきを高瀬の舟はいかが寄るべき

と宮はいっておよこしになった。これはいつか宮のおいでになった時に、和泉が障りがあってようお目にかからないとお断りして、それからまた、

高瀬舟はや漕ぎいでよさはるとてさし帰りにし蘆間《あしま》わけたり

こんな歌をお送りしたりしたことがあるからである。

もみぢ葉の見に来るまでも散らざらば高瀬の舟のいかがこがれん

とまた和泉から書き送られた。その日の暮に宮はおいでになったが、和泉の家が今日は方角塞《ふさ》がりになっているために、ここでお泊りになることはできないのであった。宮はまた和泉をそっと車へ乗せてお出になった。宮はこのごろ方違《かたたが》えにお従弟《いとこ》の三位《さんみ》中将憲定《ちゅうじょうのりさだ》の家においでになるのである。

「お邸でもございませんところへ、私をお伴《つ》れ遊ばすことは真実《ほんとう》にあなた様のために
お宜《よろ》しゅうございませんわ」
と和泉はいっているのであった。宮は和泉を車のままで人気《ひとげ》のない車置《くるまおき》へお置きに
なって家《うち》へお入りになった。和泉は恐ろしさに慄えていた。宮は人々の寝静まるのを
待って車置へおいでになった。不思議に思うらしい宿直《しゅくちょく》の侍などは、車置に目を付け
ながらしきりに夜廻《よまわ》りをして歩いた。例の右近の尉と童とが車の番をしているのであ
った。宮はこの日のこの時ほど恋の高潮に達したことはないようにお感じになった。
夜明前にまた和泉をその家《いえ》へお送りになった。
「誰も起きない間《あいだ》に邸へ入らなければならないから」
と仰せになってすぐお帰りになった。朝になって宮から、

寝ぬる夜の寝覚の夢にならひてぞ伏見《ふしみ》の里を今朝は起きつる

こんなお歌が来た。和泉のかえし、

その夜よりわが身の上は知られねばすずろにあらぬ旅寝をぞする

和泉は宮のお邸へ入ることに心を決めた。宮の厚いお志に酬《むく》いたいという要求が内心から湧いたのである。和泉へこのことについて親切な忠告をする人達もないではなかったが、和泉はそれに耳を借そうとはしなかった。数奇な運命をもっている自分なのであるから、強いてそれに抵抗してゆく必要がないと和泉は思っているのである。堅実な人になる心がけを学ぶ必要もないと思っているのである。しかしともかくも自分は人の奉公人になるのであるが、いまさらになぜそんな気になれるのであろうと自身の心が怪しく思われないでもなかった。自分の心は塵界《じんかい》を離れた岩の中などへこそ入ってゆきたいのではないかと思わないでもなかった。そうした上で悲しい目をみることになったらどうであろう。世間からは思慮のない女だと笑われるに違いない、やはりこのままでいる方がいいのではあるまいか、親や兄弟《きょうだい》と往来《ゆきき》の自由にできる生活を捨てるのは考物《かんがえもの》である、また煩累《はんるい》のように思われる女の子の生先《おいさき》も自分で見てやる義務があるではないか、などとも思われた。宮のお傍《そば》へと決めた和泉の心もこんなことでまたすぐにぐらぐらとしてしまうのであった。もう一段深く自分というものを宮に見て頂けば何も解ることであるが、今までのように思われているままではもう手紙もお書きすまい、近くへ参ってよく知って頂ける時が来ようとしているのであるからなどとまた和泉は思う時もあった。前の情人らから手紙を持たせてよこしても返事はないとばかりいわせてすげなくしていた。そのうちに宮から手紙が来た。

私はあなたを信用していたが、やはり馬鹿な目を見せられましたね。

というようなことが書いてある。

しかし私はただ黙って見ていよう。

といって筆が留められてあった。和泉は茫《ぼう》となって、ただ高い胸の鼓動ばかりが感ぜられた。自分についての風評には呆《あき》れるばかりのことも少くないのであるが、無根《むこん》のことはいずれ人の知ってくれる時もあろうと思っていたうちに、宮の御親切にお促されしてお邸へ入ろうという気に自分がなったのを、以前の情人らのなかに気づいた者もあって、それらから大仕掛《おおじかけ》な中傷が放たれたものらしい。その人達は宮が自分をお捨てになるのを見ないでは満足ができないのであろう。目的を達するためには手段を選ばないのであろうと思うと、和泉は悲しくて悲しくてならないのであった。それにしても具体的にはどんなことが宮のお耳に入ったのであろうと思うと恥しくて、和泉は御返事もしないでそのまま置いてあった。宮は和泉の態度を恥に堪えないからであろうと思召した。

なぜ返事もくれないのですか。これでいよいよあなたの本心が解ったとも思えます。しかしずいぶん変るあなたの心ですね。私は人から聞き込んだことがあったので、よもやと思いながら、ひょっとあなたがそんな気になっているのではないかと思ったものだから、あの手紙を書いてみたのです。

こんな手紙をまた宮はお送りになった。和泉はこれで少し力が得られたような気になった。こうなってみると、その人のいったということが知りたくてならないように思われた。

私が変っていると思召すなら、

今の間《ま》に君来まさなん恋しとて名もあるものを我行《われゆ》かんやは

と和泉はお答えをした。

君今は名の立つことを思ひける人から斯《か》かる心とぞ見る

私はまたこれで腹を立てている。

というお手紙が和泉へ来た。宮が恋におどおどしている自分にお戯れになったに違いないとは解っていながらも、和泉は悲しくも苦しくも思われた。それで、

私を助けると思召して、おいで下さいまし、どうしてもお逢いがいたしとうございます。

という手紙を書いて差上げると、

疑はじまた恨みじと思へども心にこころかなはざりけり

と宮から御返事が来た。

恨むらん心は絶ゆるかぎりなく頼む君をぞ我もうたがふ

とまた和泉からいい送られた。そして日が暮れるとすぐ宮が出ておいでになった。

「よく人の噂に上る人だね、あなたは。またそんなことを聞いたものだから、よもやと思いながらいってみたのだよ。そんな風評を立てさせないために私は邸へお入りといっているのだ。ねえ、早く来ることにお決めよ」

などと宮はおいいになった。そして次の夜明にお帰りになった。それから後《のち》お手紙は始終来るのであったが、御自身で和泉のところへおいでになることはむずかしかった。雨風《あめかぜ》のひどい日に、今日に限って宮のお手紙のないのを和泉は物足りなく思った。この淋しい家にいる自分に御同情がないともお恨めしく思った。夕方に、

霜枯《しもがれ》はわびしかりけり秋風《あきかぜ》の吹くには荻のおとづれもしき

という歌を宮へ奉った。

ひどい嵐だから、どうかと気にばかりかかっていました。

枯れはてて我《われ》より外《ほか》に問ふ人も嵐の風をいかが聞くらん

自分ながらも、こんなにあなたのことを思うのかと、きまりが悪いほどです。

宮のこの御返事は和泉を限りもなく満足させた。宮は方違えにほかへ行っておいでになるということで、ここへ来るようにと例の車で迎えによこしになった。もう宮に征服されている自分の心はなにごともお背きすることができないと知って、和泉は出掛けて参った。そうして幾日《いくにち》かの間は昼も夜も甘い恋を咡き合って暮した。もうなんの躊躇もない、是非早くお邸へ入りたい、このまま参りたい、お別れしてどうしていられようと、和泉は思うようになった。しかし方違えの日数《ひかず》が経《た》ったので、宮はお邸へお帰りになり、和泉は家へ送られた。

帰ってきた日は終日常よりも宮を堪えがたいまで恋しく和泉はお思いした。

つれづれと今日数《かぞ》ふれば年月《としつき》に昨日ぞものは思はざりける

という歌をお送りすると、宮から、

私もそうだ。

思ふこと無くて過ぐししをととひと昨日を今日になすよしもがな

といっても実際仕方のないことなんですね。これにつけても是非傍《そば》へ来てくれることにしてほしい。

という御返事が来た。和泉はそれでもまだ宮のお邸へ入ることを実行しかねて、ただじっと思い沈んだ日を送っていた。いろいろの色を見せていた木の葉も残りなく落ちて、空ばかりが高々と明るい冬になったのである。日の落ちてゆく景色などに対して非常な心細さを覚えて、和泉はまた、

慰むる君もありとは思へどもなほ夕ぐれはものぞ悲しき

という歌を宮へお上げした。

夕ぐれは誰もさのみぞ思ほゆる待ちわぶる君は人にまされり

可哀相ね、これから行きましょう。

という嬉しいお返しがあった。

宮はお帰りになって翌朝《よくちょう》早く、

どんな気持ですか、今は。

といっておよこしになった。

起きながら明かせる霜のあしたこそまされるものは世に無かりけれ

という歌を和泉は奉った。

宮はいつものような情の深い手紙をお書きになって、奥に、

われ一人思ふは思ふかひもなし同じ心に君とありなん

という歌を付けて和泉へお送りになった。

かえし、

君は君われは我とも隔てねば心ごころにあらんものかは

和泉は病気になった。風邪のような容体《ようだい》で、重くはないが苦しがっていた。宮からはどうか、どうかとしきりにお尋ねがあった。快くなったころに、またどうかというお尋ねがあったので、

少しよくなりまして、私はまたもうしばらく生きていたいという欲ができました。仏縁がないのでございましょう。これも、

絶えし頃絶えねと思ひし玉の緒《を》を君によりまた惜まるるかな

こうなのです。

という手紙を和泉は書いた。

非常に嬉しいことを聞かせてくれましたね。

玉の緒は絶えんものかは契《ちぎ》りてし長き心に結びこめてき

これは宮の御返事であった。

十一月のはじめの雪の降る朝、

神代《かみよ》よりふりはてにける雪なれど今日はことにも珍《めづら》しきかな

という歌を宮はお送りになった。和泉のかえし、

初雪といはれの冬も見しままに珍しげなき身のみ旧《ふ》りつつ

こんなことをいい合って二人の恋人は日を送った。宮から、長く逢わないので恋しくてなりません。今日は久しぶりで行こうと思っていたのだけれど、友人が来て詩の会をするとかいいますから、また行けなくなってしまいました。

こんなお手紙が来た。

いとまなみ君きまさずばわれ行かん文作るらん道を知らばや

と和泉が返しをしたのを宮は面白くお思いになって、すぐまた、

我宿《わがやど》にたづねて来ませ文つくる道も教へんあひも見るべく

という歌をお遣しになった。

霜の白い朝に、

今朝の自然に対してあなたはどんなことを思いますか。

と宮は和泉へいっておやりになった。和泉は、

さゆる夜のかずかく鴫《しぎ》は我なれやいく朝霜を起きて見つらん

と書いて、また

雪も降り雨も降りぬるこの頃を朝霜とのみ起き居ては見る

とも書いた。このごろは雨なども多いのであった。この晩宮がおいでになった。いつものような身に沁むお話を遊ばした。

「あなたが私のところへ来てからね、私が家《うち》を出てしまって僧になったら、あなたはどう思うだろう」

こんなこともおいいになった。どうしてこんなお言葉をお出しになるお心持におなりになったのであろう、何かのことが起って来たのではあるまいかなどと思って、和泉は悲しがって泣いた。霙《みぞれ》がかった雨の降るころである。少しもお眠りにならないで、宮はこの恋を未来の世まで変えまいというような話ばかりを遊ばされた。自分が尼になったといっても宮はこれまでの交情をお変えになるような方《かた》ではない、自分の宮におもちしている恋が一生に一度の真実《ほんとう》の恋であること、最後の恋であると思っていることを証《あか》すために自分は尼になろうと、和泉はこんな気になった。宮は和泉があまり物もいわずにつくづくと悲しい様子をしているのを御覧になって、

なほざりのあらましごとに夜もすがら

とおいいになった。

落つる涙は雨とこそふれ

と和泉はいった。朝になると宮は例の時よりも気軽に物などをおいいになってお帰りになった。

和泉は尼になるということを、もとより人間として光明《こうめい》のあることではないと知っていながらも、心が一転して人生を静かに客観的に見ることができるであろうということを楽《たのし》みに思って、そうしようかと考えるのであった。しかしまた感情に脆《もろ》い心がそれを躊躇させた。そうしてこの煩悶を宮へお告《つ》けしないではいられなかった。

現実《うつつ》にて思へばいはんかたもなし今宵のことを夢になさばや
しかばかり契りしものを定めなきさは世のつねに思ひなせとや

私は御出家のお供をしたいと思っております。またお先へそうなろうかとも惑っております。どう思召しますか。

宮から、

私も自分のいったことについて、あなたへまた書いて上げたいと思っていた。

うつつとは思はざらなん寝ぬる夜の夢に見えつるうきことどもを

程知らぬ命ばかりぞ定めなき契りしことは住《すみ》の江《え》の松《まつ》

と思おうではありませんか。あなたのようにそう真剣《むき》になるものではない。気短かですね、あなたは。もうあのことはいいっこなしにしましょう。いろんな悲しさが胸に集《あつま》ってくるから厭です。

という御返事が来た。女はその以後もよく出家のことを思った。宮のちょっとお話しなったことにこれほど動かされる自分なのかと自《みずか》ら憐まれるほどであった。もう尼になる仕度にかかろうかなどと思っているある日の昼ごろに、宮からお文があった。

あなこひし今も見てしが山がつの垣《かき》ほに生《お》ふるやまとなでしこ

ただ古今集《こきんしゅう》のこの歌が一首書かれてあるだけであった。思いもかけずまた烈しい恋の焔《ほのお》を燃やせと火をつけられたように和泉は思った。

お返しには、

恋しくば来ても見よかし千早振る神のいさむる道ならなくに

という伊勢物語《いせものがたり》のなかの歌を一首だけ書いた。宮は和泉の書いた古歌を微笑んで御覧になった。宮はこのごろ法華経《ほけきよう》を習っておいでになった。

逢ふ路は神のいさめにあらねども法《のり》のむしろに居《を》れば立たぬぞ

こんなお歌が来た。かえし、

我さらば進みて行かん君はただ法のむしろをひろむばかりぞ

大雪の日に、雪の降りかかった枝に付けて、宮から

雪ふれば木木《きぎ》の梢も春ならでおしなべて梅の花ぞ咲きける

という歌が送られた。かえし、

梅ははや咲きにけりとて折れば散る花とぞ雪の降るは見えける

その翌朝《よくちょう》に、また宮から

冬の夜は恋しきことに目もあはで衣《ころも》かたしき明けぞしにける

というお歌が来た。

どうでございましょう、真実《ほんとう》ですかしら。

冬の夜は目さへ氷に閉ぢられて明《あか》しがたきを明しけるかな

こんなことを和泉は書いてお返しした。こんな遊戯じみたことに女は心を慰めながら暮しているのであったが、宮はまたどうお思いになるのか、心細いことを多く書いた手紙などをお送りになった。

やはり私は人間世界の競争に堪えられないで、僧という無心のものになる運命をもっているらしい。

こんな一節もそのなかにあった。

くれ竹の世世《よよ》のふるごと思ほゆる昔語《むかしがた》りはわれのみぞせん

と和泉はわざと本気にしないような御返事をしたのであった。

くれ竹のうき節繁《ふししげ》き世の中にあらじとぞ思ふしばしばかりも

とまた宮はいっておよこしになった。

宮は和泉をお入れになる家《いえ》や場所についていろいろとお気をお揉《も》みになったのであるが、こうしたことに馴れない自分がすることの結果は、恋人のために不便な住所《すみか》を与えるだけのことになるのであろうし、迎えるはじめにはかれこれと人々から諌められることにもなるであろうから、それよりも簡単に自分が行って手許《てもと》へただの侍女のようにして伴《つ》れてくるがいいであろうとお思いになった。宮は十二月十八日の月の夜に俄に和泉のところへおいでになった。例のように、

「いっしょにおいでなさい」

とだけ宮はおいいになった。

「もうこんなことはこれ限りでございます」

といいながら和泉は車に乗った。

「誰《たれ》かもう一人女をお載せよ、都合さえそちらでよければ明日《あす》と明後日《あさって》ぐらいいっしょにいたいから」

と宮はおいいになった。平生《ふだん》はこうした仰せはないのであるから、もしやこのままに長くお傍《そば》へ置かれるのではないかと和泉は思った。そして一人の侍女に同車してゆくことを命じた。

行ったところはやはり宮のお邸の中ではあるが、以前和泉の泊められたところではない。室内の設備なども完全にされてあって、侍女の幾人《いくたり》かを置いても差支えないようになっていた。

和泉はこうして迎えられたことを結句《けっく》幸《さいわい》であると思って。仕度などをことごとしくして参ることも人に反感を起させることであるから、いつ来たのかとかえってそのほうで人に驚かれることになるのがいいと喜んだ。翌日は櫛《くし》の箱などをそっと自宅へ取りにやった。

宮がそのうちにお出掛けになるといって、お供に参る人達《ひとだち》などが多く正殿《せいでん》へ集《あつま》ってゆく間は、まだ夜のままで和泉のいる座敷の戸が閉《とざ》されてあるのであった。恐ろしいとも思ってはいないが、和泉は暗い中にいることを気づまりなことであると思った。

「そのうち北のほうの座敷へあなたを移そう、ここはあまり正殿へ近いので人がうるさいのだ」

と宮はいっておいでになった。

「昼の間は始終私のところへ出てくる者や、院へ出仕する人なんかが集《あつま》ってきているのだから、こうしていっしょにもいられないことになるよ。あなたに愛相《あいそ》をつかされないかと心配でならない」

宮は戯談《じょうだん》半分にこういっておいでになった。

「ええ、愛相づかしということばかりを私も苦労にしておりますわ」

と和泉はいった。

「私が居間のほうで寝なければならない夜分なんかは気をつけてお寝《やす》みよ。馬鹿な者はあなたを覗《のぞ》きにきたりするかもしれないからね。もうしばらくして馴れると昼などはあの乳母の宣旨《せんじ》のいる座敷へ来ていっしょにいるがいいよ。私の昼の居間などはかえって誰も来ないでいいのだよ」

などと宮はいっておいでになったが、そのお言葉どおりに二三日して北のほうの別殿へ和泉をお入れになった。邸内《ていない》の人々ははじめて驚いた。夫人のほうではもとよりこれが大問題になった。

「そんなことがなくってもなんでも、私という者は宮様から少しも重《おも》ぜられていないのだけれど、身分も何もないそんな女にまで侮辱《ぶじょく》をおさせになるのはあんまりだね」

と夫人はいっていた。自分にもなんとも御相談を遊ばされずに、このことを御実行遊ばしたのをみれば、宮がよくよく御寵愛なあまりにそうしないではいられなくおなりになって、すべてを秘密に行っておしまいになったことに違いないなどと夫人が思って鬱々《うつうつ》と歎きに沈んでいるのを、宮は哀れにお思いになり、また人々の思わくをお憚りにもなって、夫人のところによくおいでになるのであった。

「奥様をお一人またお迎え遊ばしたのでございますってね。はじめからおっしゃって下さいましたって私がかれこれと申すものでございますか。それに私なんかには関《かかわ》りもないことだというように万事を遊ばすのですもの、私は世間の人に恥しくって、恥しくって」

夫人は泣く泣くこういうのであった。

「私の召使なんだから、わけもなくあなたの召使としても許されることだと思って相談をしなかったのだよ。あなたが誤解をしているものだから中将なんかも憤《おこ》った顔を私に見せるよ。困ってしまうじゃないか。もともと私の髪を撫《な》でつけさせたりする役をいつけようと思って呼んだだけのものなんだよ。用があればここへも呼んできてさせるがいいのだよ」

と宮はおいいになった。夫人は情けなく思う風でそのまま黙っていた。

日が経って和泉はようよう宮のお邸に馴れた。宮は昼も和泉をお居間へお置きになって、お髪上《ぐしあ》げの用をはじめお身の廻りのことを皆おさせになった。もう今では片時も傍《そば》をお離しにならないのであった。これまでは夫人が時々昼間などに宮のお居間へ来ていたのであるが、それはしだいに稀になっていった。夫人の歎きのはなはだしいことはいうまでもない。

正月になって、元日に冷泉院《れいぜいいん》へ拝礼に行く役人達がまずこちらへ多く来た。宮も院へお行きになるのであった。和泉が覗いてみると、美装《びそう》した今日の人々のなかでも、誰にも勝った美男は帥の宮でおありであった。それにつけても自身が恥じられた。夫人のいる座敷のほうの御簾際にも女達が多く出てきていた。宮のお姿よりも、高官や公達の春装束よりも、その女達には宮のお居間でお見送りしている和泉を見ようとする好奇心のほうが主《しゅ》であった。われもわれもと隙間を争っているのが見苦しい。日が暮れてから宮はお帰りになった。高官達が多くお供に参って、それから管絃《かんげん》の御遊《みあそび》などがあった。思いもかけぬ高いところを住所《すみか》にする身分になったと和泉は思って、華やかなことなどの何一つなかった実家のことなどを思い出した。

宮家では邸内のつまらない侍までも和泉のことについて悪評をした。夫人の心のちょうが間違っているからこうなるのであると宮はお思いになって、夫人との仲が疎くなってゆくばかりであった。和泉はこのことを自分の罪のように思って、夫人に同情はしているが、力の及ばぬことは黙って見ているほかはなかった。夫人の姉は東宮の女御《にょご》であった。東宮の御寵愛のきわめて深い、勢力のある人である。その人から夫人へ手紙が来た。

宮様は大変な評判をとっていらっしゃいますね、真実《ほんとう》なのですか。あなたがそんな目に逢っていることは、私の頭にも槌《つち》を加えられていることのように思われますよ。一度夜分でもおいでなさいな。よくお話がしたいのですから。

というのであった。これほどのことでなくても世間の人はやかましくいうのであるから、一人の妖姫《ようき》のために掻き乱されている家庭のことはどれほど閑暇《ひま》の多い人達にはいい話題になっているかもしれないと、いまさらのように姉の手紙を見ながら夫人は思った。そして、

お手紙をありがとう。生れつき不運な私だと思っていますから、たいていのことは諦《あきら》めていましたけれど、このごろのことばかりは情けなくてなりません。それで是非伺ってみたいと思っていましたの。お小《ちい》さい宮様方のお目にかかりまして、それで私はこのごろの心をも慰めて頂けるように思っていましたの。迎えにお車を下さいましな。私のほうから出掛けてまいりますことはむずかしゅうございますの。それは私が何を申しても唯今《ただいま》では耳へ入れてもらえまいと思うからです。

こんな返事を書いた。

夫人は家を出てゆく仕度をはじめた。留守の間に見苦しく思われるようなところも皆よく整理させた。

「私はしばらく姉《ねえ》さんのところへ行ってこよう。こうして暮していることは私にも辛いことだし、宮様にしても私がいるとお思いになると、この御殿のほうへ出にくく思召すのもお気の毒だから」

と夫人は侍女にいっていた。

「真実《ほんとう》に人の口に上る種《たね》ばかりをお作り遊ばす宮様でございますね。あの女がはじめて参りました時も宮様がわざわざ御自身でお迎いにおいで遊ばしたそうでございますよ。このごろは昼間もあの女の部屋へ三度四度とおいでになるそうでございます。あなた様が女御様のほうへおいで遊ばすのはお宜しいことでございますよ。なるべくもう宮様へお話をなさいませずにおいで遊ばしまし」

などと侍女の一人はいった。皆これに劣らないことを思って和泉を憎んでいるのである。宮はそれを辛く思っておいでになった。宮も夫人の出てゆこうとするのを薄々知っておいでになった。自分にはなんの苦痛も感じないことである、気の毒な人を近くへ置いておくよりは気楽で、そうなったほうがいいと思っておいでになった。

夫人の兄弟達が女御の旨《むね》を受けて迎えに来た。宮はこれをお聞きになって、いよいよその日が来たのかと思召した。宮のお乳母の宣旨は部屋で使っている女などが、

「奥様はすっかりとお引き払いになって女御様のほうへおいで遊ばすらしい」

と噂するのを聞いて、周章《あわ》て宮のお居間へ来た。そのことを申し上げて、

「東宮様とお仲違《なかたが》えのようになりましては大変でございます。ともかくもすぐにあちらへおいで遊ばして奥様をお宥《なだ》め遊ばしまし」

一大事《いちだいじ》のようにこういうのを、傍《そば》で聞く和泉の心は苦しくてならなかった。自分のために人々の苦労をすることを思っては、しばらくこのお邸を出ていようかとも思うのであったが、それも自分のためにいいことでもあるまいと思われた。こうしていても気苦労の絶えないことであろうと悲観もされた。

夫人は宮に然気《さりげ》ない風をお見せしていた。

「真実《ほんとう》なの、女御さんのところへ行くのは。なぜ私にそういって車の用意なんかさせなかったの。遊びに行くなら行くでいいがね」

と宮はおいいになった。

「私から参るのではございませんの、あちらからね、なんですか、迎いが参りました

から」

と夫人はいっただけであった。

宮の夫人の手紙や女御の心持などは第三者になって書いた和泉の想像であるから、そう思ってほしい。

解説

田村 隆

一

与謝野晶子《よさのあきこ》（一八七八―一九四二）は、『源氏物語』を三度訳した。与謝野源氏、晶子源氏とも呼ばれる。一度目は『新訳源氏物語』で、上巻と中巻が明治四十五（一九一二）年、下巻が大正二（一九一三）年に金尾文淵堂から刊行されている。上田《うえだ》敏《びん》と森鷗外《もりおうがい》が序文を寄せ、中澤弘光《なかざわひろみつ》が挿画を担当した。一度目の現代語訳と並行して、小《こ》林天眠《ばやしてんみん》の依頼により『源氏物語講義』にも取り組んでいたが、大正十二年九月一日の関東大震災で三千枚余に及ぶといわれる原稿が焼失した。

『新訳源氏物語』は抄訳だったが、昭和十三（一九三八）年から翌十四年にかけて、全訳である『新新訳源氏物語』が同じく金尾文淵堂から刊行された。後に、三笠文庫や角川文庫、青空文庫にも収録されている。原稿の一部は大阪府堺《さかい》市が所蔵しており、国文学研究資料館の「近代書誌・近代画像データベース」においてデジタル公開されている。二度の訳業の間にあたる昭和十年には、夫寛《ひろし》（鉄幹《てっかん》）が死去した。与謝野晶子と『源氏物語』については、神野藤昭夫『よみがえる与謝野晶子の源氏物語』（花鳥社、二〇二二年）に詳しい。

二度の『源氏物語』現代語訳の間に、晶子は他の古典文学作品も訳している。大正三年には『新訳栄華物語』の上巻・中巻が、翌四年には下巻が刊行される。そして、大正五年七月、晶子が三十七歳のときに『新訳紫式部日記　新訳和泉式部日記』が同じく金尾文淵堂から上梓《じょうし》された。本書の巻末に付された「与謝野晶子女史著作目録」には、前著『新訳源氏物語』と『新訳栄華物語』が紹介されている。金尾文淵堂版の直前、晶子は『和泉式部日記』は大正四年一―四月に、『紫式部日記』は翌五年一―三月に、現代語訳を雑誌『台湾愛国婦人』にそれぞれ三号ずつ連載している（上田正行「『台湾愛国婦人』と与謝野晶子・素描」『『台湾愛国婦人』研究論集――〈帝国〉日本・女性・メディア』広島大学出版会、二〇二三年三月）。所蔵する函館市中央図書館の高配により閲覧の機会を得た。『新訳紫式部日記』の「自分《じぶん》は真実《ほんと》にこんなことを書《か》いて済《す》まない」（語順がやや異なるが、本文庫では一五三－四頁）までで連載は終わっていて、その四月後に金尾文淵堂版が刊行された。

『新訳紫式部日記　新訳和泉式部日記』の挿画と装幀は『新訳源氏物語』や『新訳栄華物語』と同じく中澤弘光によるもので、天金・函入の豪華な造りである。挿画は『紫式部日記』と『和泉式部日記』の現代語訳の前にそれぞれ一枚ずつ配されている。

この二つの日記の現代語訳は、昭和十一年から十四年にわたって刊行された非凡閣の『現代語訳国文学全集』（全二十六巻）の第九巻『平安朝女流日記』に再録された。「国立国会図書館デジタルコレクション」により、デジタル画像を確認できる。文淵堂版からの体裁上の変更として、和歌を記す際に一行空けることと、金尾文淵堂版は総ルビであったものが全集版ではルビが全くない点が挙げられる。『現代語訳国文学全集』においては、『紫式部日記』と『和泉式部日記』と共に、

新たに『蜻蛉日記』も訳された。その解説に晶子は「蜻蛉日記は昨年の夏新しく訳したものであるが他の二書は旧稿である」と記している。『蜻蛉日記』の現代語訳は平凡社ライブラリー（今西祐一郎補注）に収録されている。

凡例にある通り、本書の底本には金尾文淵堂版を用いたが、所々欠字が見られる。『新訳和泉式部日記』底本十二頁の「感傷《かんしやう》な不思議《ふしぎ》な気分《きぶん》」、五十八頁の「外《ほか》にまだ二首《にしゆ》のお　があつた」、八十頁の「夜《よ》を　した」の三箇所である（架蔵の一本の欠字は三例目のみで、刷による違いがある）。単純な植字の誤りと見られるが、『新訳和泉式部日記』に偏っており、校閲の工程に疎密の差があったのかもしれない。『現代語訳国文学全集』版では「夜を明した」（三四二頁）のように補われており、そのような場合には全集版を用いて校訂した。また、底本は総ルビだが、読みやすさの便を図り適宜省略した。「母様《かあさん》」（一二八頁）、「乗者《のりて》」（一三四頁）、「充満《いつぱい》」（九〇頁ほか）などの特徴的なものは残した。『源氏物語』の例ではあるが、先に挙げた晶子の原稿には必ずしもさほど多数の振り仮名は施されておらず、一つ一つの振り仮名が晶子自身によるという保証は全くない。だが、仮に校閲段階で加わった振り仮名であれ晶子も校正刷に目を通したであろうし、今野真二『振仮名の歴史』（岩波現代文庫、二〇二〇年）の言葉を借りれば少なくとも「時代が付けた振仮名」とは言えるだろう。振り仮名の原態については、底本に遡っての確認をお願いしたい。

二

『源氏物語』を訳した際に晶子は、「この書の訳述の態度としては、画壇の新しい人人が前代の傑作を臨摹《も》するのに自由模写を敢てする如く、自分は現代の生活と遠ざかつて、共鳴なく、興味なく、徒らに煩瑣を厭はしめるやうな細個条を省略し、主として直ちに原著の精神を現代語の楽器に浮き出させようと努めた。細心に、また大胆に努めた。必ずしも原著者の表現法を襲はず、必ずしも逐語訳の法に由らず、原著の精神を我物として訳者の自由訳を敢てしたのである」(「新訳源氏物語の後に」大正二年十月)と述べているが、その姿勢は両日記の現代語訳においても踏襲され、本書自序の冒頭で、

私はここに紫式部日記と和泉式部日記とを現代語に訳しました。さきに出した新訳源氏物語、新訳栄華物語と同じく、もとより原作の意義と気分とを伝えることを主としましたが、またできるだけ原文の発想法に従うことにも力めました。

（五頁）

と記している。この点は池田亀鑑「古典学者としての与謝野晶子」（『冬柏』第二十一巻一・二月号、一九五〇年二月）にも、『新訳紫式部日記』冒頭の訳文を例に、

　ともかくも逐語訳でない。大胆な意訳であるといふことが誰の目にもつくにちがひない。一語一句などにかかづらつてをらず、原作者の作家体験の世界に、直接にまつしぐらにきりこんで行く態度である。

と指摘されている。なお、引用の自序にあるように晶子はすでに『栄華物語』も訳していた。『栄華物語』初花巻は『紫式部日記』を下敷きにしていることが知られるが、晶子の訳業としては『栄華物語』の経験もふまえて『紫式部日記』に取り組むという順序であった。たとえば、『新訳紫式部日記』の冒頭近くの一節は雑誌初出時には「下《した》には不断経《ふだんきやう》の声《こゑ》が響《ひゞ》き、白金《はつきん》のやうな快《こゝろよ》い風《かぜ》に冷《ひやゝ》かな水《みづ》の音《おと》が夜通《よどほ》し混《まじ》つて聞《きこ》えた」とあり、金尾文淵堂版の本文（八九頁）とは少し異なる（「冷かな」→「涼しい」）。実はこの初出の形は『新訳栄華物語』の当該箇所の訳文と一致し、いったんは『紫式

部日記』の訳文としても採られたものが、単行本化にあたり現行の姿へと推敲されたことがうかがえる。与謝野晶子自身も「紫式部考」五〇頁に「当時の最も信用すべき史料であることは、「栄華物語」の作者が後一条天皇の御誕生を叙するに当って全く紫式部日記の其条を資料として居るので見ても明白である」と記している通りである。なお、晶子は和歌については訳出していない。これは『源氏物語』などの現代語訳でもそうだった。歌人である晶子は、和歌は和歌のまま読み味わうことを読者に求めたのではないか。

晶子は『紫式部日記』について、

紫式部日記は同じ作者の源氏物語のように洗練された文章でなく、ほんの徒然の慰めに書いた物にすぎませんけれど、天才紫式部の日常生活とその思想感情を直接に知ろうとするには、此書によるほかはありません。道長を中心とする平安盛期の文明生活を知る史料としてもまた一つの宝庫です。（六頁）

と述べており、文学作品としてよりもむしろ考証史料として評価している節があるが、訳文をつぶさに見ると、その史料を自分語りの文学作品に仕立てている。

宮仕えを始めた自分をそれまでの生活と比べた場面をまずは原文から挙げる。寛弘《かんこう》五（一〇〇八）年十二月の記事である。

年ごろつれづれに眺め明かし暮らしつつ、花鳥の色をも音をも、春秋に行き交ふ空のけしき、月の影、霜雪を見て、そのとき来にけりとばかり思ひわきつつ、「いかにやいかに」とばかり、行く末の心細さはやるかたなきものから、はかなき物語などにつけてうち語らふ人、同じ心なるは、あはれに書きかはし、すこしけ遠き、便りどもを尋ねても言ひけるを、ただこれを様々にあへしらひ、そぞろごとにつれづれをば慰めつつ、世にあるべき人かずとは思はずながら、さしあたりて、恥づかし、いみじと思ひ知るかたばかり逃れたりしを、さも残ることなく思ひ知る身の憂さかな。

出仕前には物語について語り合える人との交わりですんでいたものが、宮仕えによって恥ずかしさや辛《つら》さもすべて思い知ることになったと嘆く。引用した角川ソフィア文庫の『紫式部日記』（山本淳子訳注）では途中に句点がなく一文として扱われているが、晶子は七文に分けつつ、以下のように訳す。

宮仕に出る前の自分は淋しい徒然の多い日をここで送っていた。苦しい死別を経験した後の自分は、花の美しさも鳥の声も目や耳に入らないで、ただ春秋をそれと見せる空の雲、月、霜、雪などによって、ああこの時候になったかと知るだけであった。どこまでこの心持が続くのであろう、自分の行末はどうなるのであろうと思うとやるせない気にもなるのであったが、自分と同じほどの鑑賞力をもつ文学好きの女同志とはずいぶん真実のある手紙を書き交したものであった。自分の直接知らぬ女からもそんなことで手紙を貰った。自分にはその文学好き仲間の交際から慰みが見出されていたのである。これを最も人間らしい生きようであるとは思えないながらも、他人から侮辱を受けたり、悲しい目に合せられたりすることは知らないでそのころは済んだのであった。宮仕以後の自分は昔の自分が知らずにおられたことまでもことごとく味わなければならないことになったと、自分はこんなことを思うのであった。（一三一頁）

全体の分量としても説明がかなり加わっているという印象を受ける。「苦しい死別」とは長保《ちょうほう》三（一〇〇一）年四月の夫藤原宣孝《ふじわらののぶたか》との別れを指す（八〇頁の「紫式部・和泉式部年譜」は四月二十三日没とするが、『尊卑分脈』によれば二十五日没)。文章を分けながら、「自分」という一人称を九回用いながら語ってゆく。『新訳紫式部日記』には二六七例の「自分」が見られる。日記の原文には「われ」のような一人称が現れることはほぼないのだが、このように「自分」が繰り返されることで、内省する「自分」の輪郭が際立っている。与謝野晶子訳で読むことはこの呼吸を読むことを意味する。晶子は『蜻蛉日記』の現代語訳でも「自分」を用いている。「鑑賞力」、「侮辱」などの熟語や「随分真実(初出時は「情」)のある手紙」、「最も人間(初出時は「人」)らしい生きよう」といった表現も、仮名文の原文とはやや距離があり、晶子訳を特徴づける。

また、文中の「いかにやいかに」は、『拾遺和歌集』哀傷の「世の中をかく言ひ言ひの果て果てはいかにやいかにならむとすらむ」(巻八・五〇七)を引歌とするものだが、私見では現代語訳の底本と目される清水宣昭『紫式部日記釈』(天保五(一八三四)年刊)の説明は、「いかにやいかには、いかならん〳〵と、行末をあやぶむ心なり」(巻二)というもので、引歌はふまえられていない。先行のこうした注釈書に拠《よ》った可能性が考えられよう。

『紫式部日記』の後半に消息体と呼ばれる「侍《はべ》り」を用いた文章が含まれている。そこでは、周囲の女房や清少納言《せいしょうなごん》・和泉式部《いずみしきぶ》・赤染衛門《あかぞめえもん》についても言及され、人物評としても重要な箇所である。木村架空『評釈紫女手簡』（林書房、明治三十二年）においてもすでに示される通り、通常は消息体の開始は「このついでに、人のかたちを語り聞こえさせば、物言ひさがなくやはべるべき」という箇所からとされるが、『新訳紫式部日記』においては付録の「紫式部考」で提示した立場に基づいた現代語訳がなされていることも重要な点である。

この日記を与謝野晶子は、「である」「であった」調の常体で訳しているが、底本一三五頁に区切りの線が入れられ、三行目から変化する（図版参照）。

> 平生の手紙によう書かぬ事をいいこと、悪いこと、世間のこと、一身のことも残らず自分は書いてお目に懸けたいのです。（一六九頁）

このように「です」「ます」調の敬体が用いられている。一三七頁一行目まで続き、線で再び区切られた後に「十一日の未明に宮様は御堂へおいでになるのであった」と、「であった」の形に戻る。今日の現代語訳ではこの前後で特に文体を変えてはいない（ましてや線で区切ったりはしない）ことから、これは晶子訳の大きな特徴と言える。

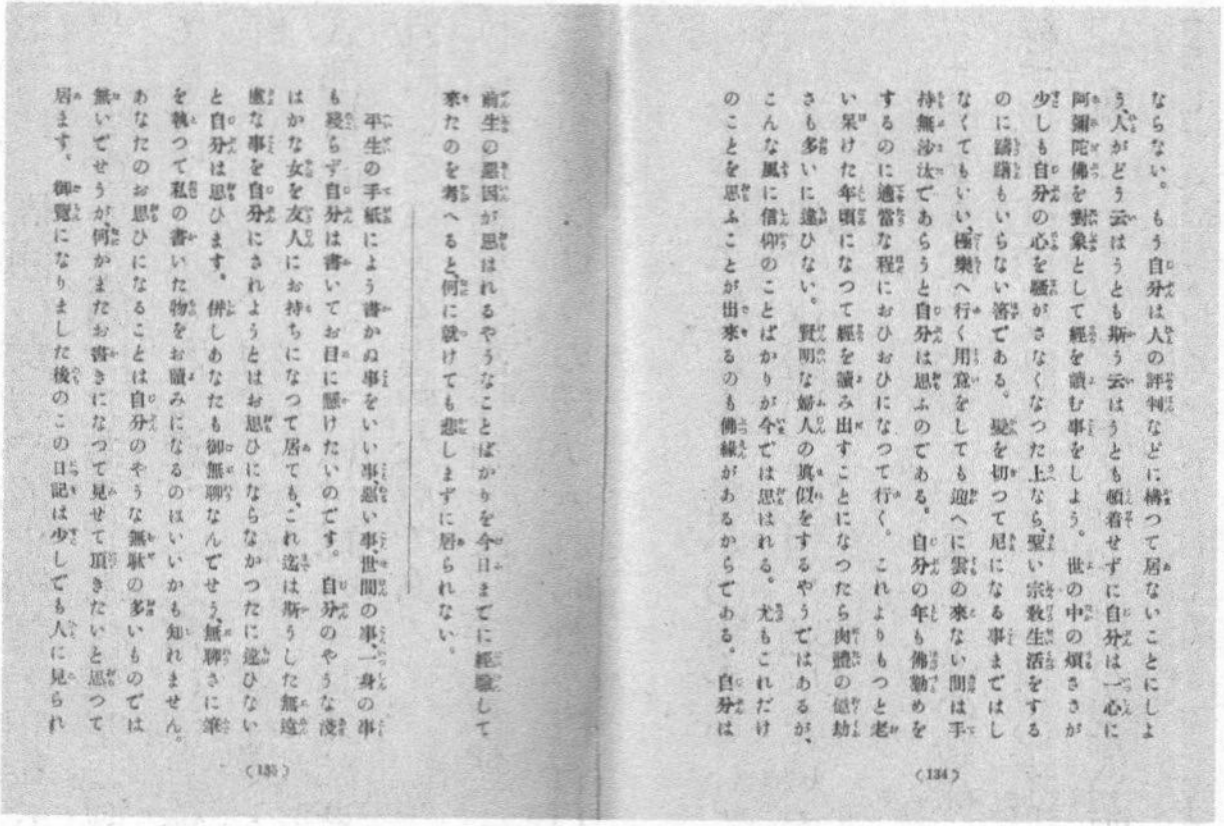

ならない。もう自分は人の評判などに構つて居ないことにしよう。人がどう云はうとも斯う云はうとも頓着せずに自分は一心に阿彌陀佛を對象として經を讀む事をしよう。世の中の煩さが少しも自分の心を騷がさなくなつた上なら、堅い宗教生活をするのに躊躇もいらない筈である。髮を切つて尼になる事まではしなくてもいい極樂へ行く用意をしても迎へに雲の來ない間は手持無沙汰であらうと自分は思ふのである。自分の年も佛勤めをするのに適當な程におひおひになつて行く。これよりもつと老い呆けた年頃になつて經を讀み出すことになつたら肉體の懈怠さも多いに違ひない。賢明な婦人の眞似をするやうではあるが、こんな風に信仰のことばかりが今では思はれる。尤もこれだけのことを思ふことが出來るのも佛縁があるからである。自分は

（134）

前生の惡因が思はれるやうなことばかりを今日までに經驗して來たのを考へると何に就けても悲しまずに居られない。

平生の手紙によう書かぬ事をいい事惡い事世間の事一身の事も殘らず自分は書いてお目に懸けたいのです。自分のやうな淺はかな女を友人にお持ちになつて居ても、これ迄は斯うした無遠慮な事を自分にされようとはお思ひにならなかつたに違ひないと自分は思ひます。併しあなたも御無聊なんでせう、無聊さに筆を執つて私の書いた物をお讀みになるのはいいかも知れません。あなたのお思ひになることは自分のやうな無駄の多いものでは無いでせうが、何かまたお書きになつて見せて頂きたいと思つて居ます。御覽になりました後のこの日記は少しでも人に見られ

（135）

この箇所について晶子は、「紫式部考」五〇頁に「途中で一度友人に見せたことがあって、その時に書き添えた手紙がそのまま中ほどに挟まっている。またその後に書き足して、寛弘七年の春の記事で終っているのは、そのころからしだいに病身になったらしく想われる」と説明している。このように、「紫式部考」での考察が晶子の現代語訳に反映されているのである。前述の『紫式部日記釈』には、

こゝの御ふみに以下、次ゝに見えたるは、消息文の辞にて、前のことゞもは、べちに、ものにかきて、それにそへて遣すなり。さて、遣すかたは、いづかたにかあらん、其方をかゝざれば、定

めてはいひがたきことなれど、になう、へだてなく、むつびかはしたる、友だちなどのかたなることは、しられたり。もしは、むすめのかたへかとも、思はるゝ所ゞあり。（巻四）

とあって、「前のことゞも」を書いたものの添書として記した友人への消息文と解している点は、晶子の主張とここでも一致する。

三

『紫式部日記』の中に和泉式部の人物評があり、晶子の訳によって挙げると、

和泉式部という人と自分とは興味ある手紙の交換をよくしたものである。和泉式部には仕方のない放埒な一面はあるが、友人などに対して飾り気なく書く手紙は、文学者としての素質が十分にある女だけに真似のできない妙味のあるものであった。傷のない歌を詠むこと、博覧強記であること、主義主張のあること、これらの約束を具備した真の歌人ではないが、現実を詩化して三十一字にした一首のな

かに人の心を引くところが必ずあった。しかしこれほどの人でも他人の歌の批難をしたりしているのを見ると、まだ十分歌というものが解っていないらしく思われる。おそらく才気に任せて口先で歌を詠むという方の人らしい。敬意を払うべき歌人とは思われない。（一六〇頁）

というように、毀誉を織り交ぜた評を下している。その和泉式部の日記が『紫式部日記』と共に晶子によって訳され一書に収められている。

くろ髪の千《ち》すぢの髪のみだれ髪かつおもひみだれおもひみだるる

これは晶子の第一歌集『みだれ髪』（明治三十四年）の表題歌であるが、『和泉式部集』（上・八六）所収の、

黒髪の乱れも知らずうち臥せばまづかきやりし人ぞ恋しき

の影響が指摘されている。この一事をもっても晶子の和泉式部への共感がうかがえる。

晶子が自序において、

和泉式部日記は和泉式部が自家の閲歴の重要な一部を、わざと三人称で客観的に描写した短篇小説です。日記ともいいますが、一名を和泉式部物語ともいうのです。（六頁）

と述べている通り、『和泉式部日記』は書名を『和泉式部物語』とする伝本が多い。原文では「女」と記されるこの三人称という点を晶子は徹底しており、訳文を読んでいてまず目につくのは「和泉」の呼称であろう。日記の冒頭は、

和泉は情人の為尊親王のお薨《かく》れになった歎きのなかに身を置いて、明けても暮れてもただ人生のはかなさばかりが思われた。翌年の春が来り春が去っても、まだ和泉は傷ましい胸をそのまま抱いていた。（一八三頁）

と訳されている。さきほど、『紫式部日記』における「自分」に触れたが、「和泉」の回数を数えると、二四二例見られた。今日の現代語訳では、原文の「女」をそのまま

訳すことはあるが、それ以外で主語を三人称でその都度立てることはしていない。それだけ、晶子の訳では「自分」や「和泉」の語によって人称、そして紫式部と和泉式部の存在が強く印象づけられるのである。

また、この引用箇所に見られるように、冒頭から為尊《ためたか》親王の名を挙げるなど、情報を足しながら訳してゆくことについては松浦あゆみ「晶子の和泉式部――『新訳和泉式部日記』の恋」(『与謝野晶子を学ぶ人のために』世界思想社、一九九五年)に指摘されている。ちなみに、為尊親王の弟で、親王の死後に和泉式部と恋仲になる敦道《あつみち》親王は、「帥《そち》の宮」、「宮」と記される。

そうした読者への配慮は次のような箇所にも現れる。

もう尼になる仕度にかかろうかなどと思っているある日の昼ごろに、宮からお文があった。

あなこひし今も見てしが山がつの垣ほに生ふるやまとなでしこ

ただ古今集のこの歌が一首書かれてあるだけであった。思いもかけずまた烈しい恋の焔を燃やせと火をつけられたように和泉は思った。
お返しには、

恋しくば来ても見よかし千早振る神のいさむる道ならなくに

という伊勢物語のなかの歌を一首だけ書いた。宮は和泉の書いた古歌を微笑んで御覧になった。（二六四―五頁）

歌について、原文にはない出典（作品名）を訳文に織り交ぜている。現代語訳付きの校注書などでは現代語訳ではなくむしろ注に記されることだが、現代語訳のみで一体的に理解できるよう工夫されている。

『和泉式部日記』については、自序の中で、

源氏物語の大作と比較することはできませんが、ともに我国の写実小説の祖であり、ことに和泉式部日記が遠く明治の小説に先だって、自己の経験を書く小説の最初の作であることは文学史上の光栄だと信じます。（七頁）

と高い評価を与えており、『紫式部日記』を史料として捉《とら》える見方に対し、『和泉式部日記』は『源氏物語』と比較するなど、「小説」として把握していることが見て取れる。和歌は『紫式部日記』と同様に訳されていないが、『和泉式部集』については与謝野夫妻による評釈『和泉式部歌集』（大正四年）の共著がある。

日記の後半には以下のような会話の場面がある。

お通いの途絶えた間のお心持などを人懐しい御様子で宮は女に語ってお聞かせになった。

「この間話したようにすることを早くお決めよ。私はこうして隠れて来るのをきまり悪くも恥しくも思っているのだよ。そうかといって来ないでは生きがいもない気がするのだから、ねえ厭だねえ、世の中は。どうにかして苦労をせめて少くしようじゃないかねえ、お互いに」

「私はもういつでもお邸へ参るつもりでいるんでございますよ。けれど、またね、参ってからあなたのお心の冷たさに泣くようなことがありはしないかと、それが心配になってまいりましたの」

「まあ試して御覧、私の愛がどれほどのものであるかをさ」（二四二頁）

こんな言葉が交換《かわ》された。

『紫式部日記』に比べてかなりくだけた口調のやりとりがなされる。この書きぶりは『源氏物語』の現代語訳に近く、晶子の解説するところの「短篇小説」の文体が選択されているのだろう。『新訳和泉式部日記』の魅力の一つと言える。

四

晶子の現代語訳には今日の解釈とは一致しない場合がしばしば見られる。千葉千鶴子「『みだれ髪』と『和泉式部歌集』――晶子の古典文学観（一）」（『北海道武蔵女子短期大学紀要』第一巻、一九六九年三月）および松浦氏によって指摘されているのは『和泉式部日記』冒頭の、和泉式部と帥の宮の童《わらわ》とのやりとりである。晶子訳から紹介しよう。

「この花を帥の宮様へ差上げてね、どう思召しますかを伺ってきて下さいな」

和泉は一枝の橘の花を童に渡した。

「花橘の香を嗅げば昔の人の袖の香ぞするというような御返事を頂いて参りましょう、しかしはじめてでおありになるのでございましょうから、何かちょっと御挨拶のお言葉でもございましたら伺って参りましょう」

と童はいった。（一八五頁）

花橘の枝を渡したのは和泉式部で、それに対する帥の宮の返事をもらって来ようと童が応じたことになっている。松浦氏により底本と推定される群書類従本の本文は、

これまいらせよ、いかゞ見給ふとて橘をとりいでたれば、むかしの人のといはれて見る《(にイ)》まいりなむ、いかゞきこえさせんといへば、……

というもので、今日通行の本文ほど文脈は明快でないが、この橘の枝は帥の宮から和泉式部に贈られたと解さねばならない。それにしても、「花橘の香を嗅げば昔の人の袖の香ぞするというような御返事」といった訳し方は、会話としては冗長で不自然だが『古今和歌集』の引歌（初句は「五月待つ」）をわかりやすく解説する親切な配慮で

ある。

　このようなケースは『紫式部日記』にも見られる。文献上、『源氏物語』への最初の言及とされる寛弘五年十一月一日の記事を例に挙げる。左衛門督《さえもんのかみ》藤原公任《きんとう》が紫式部に戯れに話しかける場面で、「源氏物語千年紀」や「古典の日」のよりどころとなった記事でもある。

　左衛門督《公任卿》、あ《詞》なかしこ、このわたりに、若むらさきやさぶらふ、とうかゞひ給ふ、源氏に、かゝるべき人見え給はぬに、かのうへは、まいて、いかでものし給はん、と聞ゐたり。　　（『紫式部日記釈』巻二）

　公任左衛門督は、

「ええと、この辺においでですか、若紫は」

　といって御簾の中を窺っていた。自分は源氏物語のなかに賞めて書いた女性のいずれにも当っていないと謙虚な心で思っている。ましてこの辺に若紫の夫人をもって自任している作者がいるわけはないと自分は苦笑しながら聞いていた。

（一二六頁）

という解釈は、今日では『紫式部日記絵詞』などの「源氏にゝるべき人も見え給はぬに」という本文に基づいた上で、「源氏の君に似ているような方もお見えにならないのに」と解されている。晶子の訳では「源氏」は光源氏《ひかるげんじ》でなく作品としての『源氏物語』を指す。これは、『紫式部日記釈』の注釈、「源氏以下、式部の心中の詞にて、源氏はみづから作れる源氏物語なり」と通じる。ただし、続く「かゝるべき人は、かくたはぶれみだりがはしき人といふ意なり」の解釈は採っていないので、この注釈書を参照したとしても、取捨選択がなされている。訳文では「該当する人」というほどの意味であろう。

晶子自身のいわば誤訳によるものと、当時の本文に基づいたものとがある。『新訳和泉式部日記』の最後は、

宮の夫人の手紙や女御の心持などは第三者になって書いた和泉の想像であるから、そう思ってほしい。（二七六頁）

とある。宮内庁書陵部蔵本に基づく角川ソフィア文庫版（近藤みゆき訳注）の本文は、

宮の上御文書き、女御殿の御ことば、さしもあらじ、書きなしなめり、と本に。

であるが、群書類従本には「本に」がない。『蜻蛉日記』や『源氏物語』の最後も、それぞれ今日の本文には「とぞ本に」、「とぞ本にはべめる」とあり「本」が登場するが、晶子が参照したと思われる諸本はその部分がないものが多い。先に考察した「にる」と「かゝる」のように、参照した本文によって現代語訳が異なるのは当然のことである。

五

晶子の訳業を支えたものについて改めて考えてみたい。『新訳紫式部日記』の訳文は清水宣昭『紫式部日記釈』の本文や解釈に近い箇所が散見する。完全に一致するものではないが、この本を底本とし他本を参照したと見てよいのではないか。与謝野夫妻も編纂《へんさん》校訂に関わった叢書《そうしょ》「日本古典全集」所収の『紫式部日記　紫式部家集　清少納言［枕草子］　清少納言家集』（本書の編纂校訂は正宗敦夫）は昭和三（一九二八）

年四月の刊行である。そこには、

藤井高尚の門人で名古屋の人清水宣昭が著はした紫式部日記釈四巻は諸本を参考して校訂した本で一般に菩《（善カ）》書とせられてゐる。別によい本も発見せられなかつたから総《すべ》て此書に拠り、近く関根正直博士が著はされた「精解」を参考した。

とあって、『新訳紫式部日記』よりも後の評価ではあるが、『紫式部日記釈』への評価はうかがえる。また、「有朋堂文庫」の『平安朝日記集　全』（大正二年）にも、「覆刻するに方《あた》りて原拠とせる諸本」として、『紫式部日記』は「清水宣昭「紫式部日記釈」」、『和泉式部日記』は「木版群書類従本」が挙がっている。両日記の現代語訳とほぼ同時期の「有朋堂文庫」の底本選択と一致するもので、当時の標準的な判断だったのではないか。

ちなみに、『紫式部日記』や『和泉式部日記』と異なり、『蜻蛉日記』は昭和期に訳されたことはすでに述べたが、それにより現代語訳の底本に『蜻蛉日記』のみ、晶子も関わった「日本古典全集」を採り得たことも特筆すべきであろう。『現代語訳国文学全集』の解説には「正宗敦夫氏が古典全集に採られた本を私は主として用ひ、訳本の性質上意味の通らぬ所だけは流布本に由って補った」とある。

訳業を支えたものという点では、底本のほか、この書物の刊行に至るまでの晶子の両日記に対する考察も挙げねばならない。『紫式部日記』については、すでに挙げた付録の「紫式部考」がある。書誌情報などで本書の付録は「紫式部新考」と誤って記載されることがあるが、それは昭和三年に雑誌『太陽』に連載された別の論考で、本書に付されたのは「紫式部考」である。年譜考証に加え、『源氏物語』の成立順序について、
私の想像では、源氏物語は「桐壺」から書かれずに弐巻の「箒木」から書かれた。

という注目すべき言及がある。これは後に和辻哲郎《わつじてつろう》が「『源氏物語』について」（『日本精神史研究』）で述べた、「かくて我々は、帚木が書かれた時に桐壺の巻がまだ存在しなかったことを推定しなければならぬ」という主張の魁《さきがけ》をなすものと言える。

『和泉式部日記』の解説については、「自序」に「和泉式部考をも書きたいと思いましたが、その暇を得ないのと、まだ私の研究に不安心なところのあるのとで止めました」（七頁）とある。「紫式部考」の後には「紫式部、和泉式部年譜」が続いているの

だが、この和泉式部の年譜については後に「日本古典全集」所収の与謝野寛・正宗敦夫・与謝野晶子編纂校訂『和泉式部全集』解題において、「編者等の中、与謝野寛と晶子が曾て「和泉式部歌集」講本に添へたる和泉式部の略伝、及び晶子が「新訳紫式部日記と新訳和泉式部日記」に添へたる「紫式部日記、和泉式部年譜」の中の和泉式部の略伝は併せて抹殺し、其後の和泉式部に関する研究を茲《ここ》に此解題の中に略述したのである」との表明がある。紫式部と和泉式部の人物と作品について繰り返し検討が加えられるさまは、先に見た自序に謳《うた》われるところの「もとより原作の意義と気分とを伝へることを主としましたが、またできるだけ原文の発想法に従うことにも力めました」という「自由訳」を強調した訳業の舞台裏をかいま見るようである。ちなみに、敬体で書かれたこの自序で、晶子は「私」という一人称を用いている。二つの日記の現代語訳にも、会話や消息文中に「私」が現れ、作者や作中人物を示す。その時々における人称の選択も注目されるところである。

与謝野晶子《よさのあきこ》訳《やく》

紫式部《むらさきしきぶ》日記《につき》・和泉式部《いずみしきぶ》日記《につき》

与謝野晶子《よさのあきこ》＝訳

令和5年 6月25日　初版発行
令和6年 12月10日　5版発行

発行者●山下直久

発行●株式会社KADOKAWA
〒102-8177　東京都千代田区富士見2-13-3
電話　0570-002-301（ナビダイヤル）

角川文庫 23706

印刷所●株式会社KADOKAWA
製本所●株式会社KADOKAWA

表紙画●和田三造

Printed in Japan
ISBN 978-4-04-400769-0　C0195

◆◇◇

角川文庫発刊に際して

角川源義

第二次世界大戦の敗北は、軍事力の敗北であった以上に、私たちの若い文化力の敗退であった。私たちの文化が戦争に対して如何に無力であり、単なるあだ花に過ぎなかったかを、私たちは身を以て体験し痛感した。西洋近代文化の摂取にとって、明治以後八十年の歳月は決して短かすぎたとは言えない。にもかかわらず、近代文化の伝統を確立し、自由な批判と柔軟な良識に富む文化層として自らを形成することに私たちは失敗して来た。そしてこれは、各層への文化の普及滲透を任務とする出版人の責任でもあった。

一九四五年以来、私たちは再び振出しに戻り、第一歩から踏み出すことを余儀なくされた。これは大きな不幸ではあるが、反面、これまでの混沌・未熟・歪曲の中にあった我が国の文化に秩序と確たる基礎を齎らすためには絶好の機会でもある。角川書店は、このような祖国の文化的危機にあたり、微力をも顧みず再建の礎石たるべき抱負と決意とをもって出発したが、ここに創立以来の念願を果すべく角川文庫を発刊する。これまで刊行されたあらゆる全集叢書文庫類の長所と短所とを検討し、古今東西の不朽の典籍を、良心的編集のもとに、廉価に、そして書架にふさわしい美本として、多くのひとびとに提供しようとする。しかし私たちは徒らに百科全書的な知識のジレッタントを作ることを目的とせず、あくまで祖国の文化に秩序と再建への道を示し、この文庫を角川書店の栄ある事業として、今後永久に継続発展せしめ、学芸と教養との殿堂として大成せんことを期したい。多くの読書子の愛情ある忠言と支持とによって、この希望と抱負とを完遂せしめられんことを願う。

一九四九年五月三日